U0049028

楊照談

太宰治

走在人生的懸崖邊上

楊照

著

日本文學名家十講

05

目次

第二章 直視生與死——太宰治的自殺之書 69

第三章 《人間失格》大庭葉藏的一生

總序
用文學探究「日本是什麼」

文／楊照

就像吉朋（Edward Gibbon）在羅馬古蹟廢墟間，黃昏時刻聽到附近修道院傳來的晚禱聲，而起心動念要寫《羅馬帝國衰亡史》，我也是在一個清楚記得的時刻，有了寫這樣一套解讀日本現代經典小說作家作品的想法。

時間是二〇一七年的春天，地點是京都清涼寺雨聲淅瀝的庭園裡。不過會坐在庭園廊下百感交集，前面有一段稍微曲折的過程。

那是在我長期主持節目的「台中古典音樂台」邀約下，我帶了一群台中的朋友去京都賞櫻。按照我排的行程，這一天去嵐山和嵯峨野，從天龍寺開始，然後一路到竹林道、大河內山莊、野宮神社、常寂光寺、二尊院，最後走到清涼寺。然而從出門我就心情緊繃，因為天公不作美，下起雨來，氣溫陡降，而且有幾個團員前天晚上逛街走了很多路，明顯腳力不濟。我平常習慣自己在京都遊逛，合理的做法應該是改變行程，例如改去有很多塔頭的妙心寺或東福寺，可以不必一直撐傘走路，密集拜訪多個不同院落，中午還可以在寺裡吃精進料理，舒舒服服坐著看雨、聽雨。但配合我、協助我的領隊林桑告訴我帶團沒有這種隨機調整空間，我們給團員的行程表等於是合約，沒有照行程走就是違約，即使當場所有的團員都同意更改，也無法確保回台灣後不會有人去觀光局投訴，那麼林桑他們旅行社可就吃不完兜著走了。

好吧，只好在天候條件最差的情況下走這一天大部分都在戶外的行程。下午到常寂光寺時，我知道有一、兩位團員其實體力接近極限，只是盡量優雅地保持正常的外表。

這不是我心目中應該要提供心靈豐富美好經驗的旅遊，使我心情沮喪。更糟的是再往下走，到了門口才知道二尊院因為有重要法事，這一天臨時不對遊客開放。在當時的情況下，這意味著本來可以稍微躲雨休息的機會被取消了，別無辦法，大家只好拖著又冷又疲累的身子繼續走向清涼寺。

清涼寺不是觀光重點，我們去到時更是完全沒有其他訪客。也許是驚訝於這種天氣還有人來到寺裡拜觀吧？連住持都出來招呼我們。我們脫下了鞋走上木頭階梯，幾乎每個人都留下了溼答答的腳印，因為連鞋子裡的襪子也不可能是乾的。住持趕緊要人找來了好多毛巾，讓我們入寺之前可以先踩踏將腳弄乾。過程中，住持知道我們遠從台灣來，明顯地更意外且感動了。

入寺內在蒲團上坐下來後，住持原本要為我們介紹，但我擔心在沒有暖氣仍然極度陰寒的空間裡，住持說一句領隊還要翻譯一句，不管住持講多久都必須耗費近乎加倍的時間，對大家反而是折磨。我只好很失禮地請領隊跟住持說，由我用中文來對團員介紹即可。住持很寬容地接受了，但接著他就很好奇我這位領隊口中的「せんせい」會對他的寺廟做出什麼樣的「修學說明」。

我對團員簡介清涼寺時，住持就在旁邊，央求領隊將我說的內容大致翻譯給他聽，說老實話，壓力很大啊！我盡量保持一貫的方式，先說文殊菩薩仁慈賜予「清涼石」的故事，解釋「清涼寺」寺名由來，接著提及五台山清涼寺相傳是清朝順治皇帝出家的地方，是金庸小說《鹿鼎記》中的重要場景，再聯繫到《源氏物語》中光源氏的「嵯峨野御堂」就在今天清涼寺之處。然後告訴大家這是一座淨土宗寺院，所以本堂的布置明顯和臨濟禪宗寺院很不一樣，而這座寺廟最難能寶貴的是有著絹絲材質製造、象徵內臟的木雕佛像，相傳是從中國浮海而來的。著名的佛教藝術史學者塚本善隆晚年在此出家。最後我順口說了，寺院只有本堂開放參觀，很遺憾我多次到此造訪，從來不曾看過裡面的庭園。

說完了，讓團員自行拜觀，住持前來向我再三道謝，竟然對於清涼寺了解得如此準確；接著轉而向我再三致歉，我一時不知道他如此懇切道歉的原因，靠領隊居中協助，才弄清楚了，住持的意思是讓我抱持多年的遺憾，他今天一定要予以補償，所以找了人要為我們打開往庭園的內門，並且準備拖鞋，破例讓我們參觀庭園。

於是，我看著原未預期能看到的素雅庭園，知道了如此細密修整的地方從來沒打算要對外客開放，那樣的景致突然透出了一份神祕的精神特質。這美不是為了讓人觀賞的，不是提供人享受的手段，其自身就是目的，寺裡的人多少年來，幾十年甚至幾百年，日復一日毫不懈怠地打掃、修剪、維護，他們服務的不是前來觀賞庭園的人，而是庭園之美自身，以及人和美之間的一種敬謹的關係。那一絲不苟的敬意既是修行，同時又構成了另一種心靈之美。

坐在被微雨水氣籠罩的廊下，心裡有一種不真實感。為什麼我這樣一個台灣人，能在日本受到尊重，取得特權進入凝視、感受著這座庭園？為什麼我真的可以感覺到庭園裡的形與色，動中之靜、靜中之動，直接觸動我，對我說話？我如何走到這一步，成為這個奇特經驗的感受主體？

在那當下，我想起了最早教我認識日語、閱讀日文，卻自己一輩子沒有到過日本的父親。我想起了三十年前在美國遇到的岩崎春子教授，彷彿又看到了她那經常閃現不信任、懷疑的眼神，在我身上掃出複雜的反應。

我在哈佛大學上岩崎老師的高級日文閱讀課，是她遇到的第一個台灣研究生。我跟她的互動既親近又緊張。親近是因她很早就對我另眼看待，課堂上她最早給我們的教材都立即被我看出來處。一段來自村上春樹的《聽風的歌》，另一段來自海明威《在我們的時代》小說集的日文翻譯。她要我們將教材翻譯成英文，我帶點惡作劇意味地將海明威的原文抄了上去。她有點惱怒地在課堂上點名問我，剛發下來的幾段還有我能辨別出處的嗎？不巧，一段是川端康成的掌上小說，另一段是吉行淳之介的極短篇，又被我認出來了。

從此之後岩崎老師當然就認得我了，不時和我在教室走廊或大樓的咖啡廳說說聊聊。她很意外一個從台灣來的學生讀過那麼多日文小說，但另一方面，她又總不免表現出一種不可置信的態度，認為以我一個台灣人的身分，就算讀了，也不可能真正理解這些日本小說。

每次和岩崎老師談話我都會不自主地緊繃著。沒辦法，對於必須在她面前費力地證明自己，就是令我備感壓力。她明知道我來修這門課，是為了不要耗費時間在低年級日語的聽說練習上，我的日語會話能力和我的日文閱讀能力有很大的落差，但她還是不時會嘲笑我的日語，特別喜歡說：「你講的是台灣話而不是日語吧！」因此我會盡量避免在她面前說太多日語，但又堅持用英語與她討論許多日本現代作家與作品。

她不是故意的，但是一個台灣學生在她面前侃侃而談日本文學，往往還是讓她無法接受。愈是感覺到她的這種態度，我就愈是覺得自己不能放鬆、不能輸，這不是我自己的事了，對她來說，我就代表台灣，我必須替台灣爭一口氣，改變她認為台灣人不可能進入幽微深邃日本文學心靈世界的看法。

那一年間，我們談了很多。每次談話都像是變相的考試或競賽。她會刻意提一位知名的作家，我相對提出我讀過的這位作家作品，然後她像是教學般解說這部作品，我卻刻意地鑽找縫隙，非得說出和她不同，卻要能說服她接受的意見。

這麼多年後回想起來，都還是覺得好累，在寒風裡從記憶中引發了汗意。不過我明白了，是那一年的經驗，在日本殖民史的曲折延長線上，我得以培養了這樣接近日本文化的能力。我不想浪費殖民歷史在我父親身上留下，再傳給我的日文能力，更重要的，我拒絕因為台灣人的身分，而被視為在日本文化吸收體會上，必然是次等的、膚淺的。

於是那一刻，我得到了這樣的念頭，要透過小說作家及作品，來探究日本，如此之美，卻又蘊含如此暴烈力量，同時還曾發動侵略戰爭的複雜國度。這不是一個單純的「外國」，而是盤旋在台灣歷史上空超過百年，幽靈般的存在，一直到今天，台灣都還依照看待日本的不同態度而劃分著不同的族群、世代與政治立場。

在清涼寺中，彷彿聽到自己內心的如此召喚：「來吧，來將那一行行的文字，一個個角色，一幕幕情節，一段段靈光閃耀的體認，整理出意義來吧。不見得能得到『日本是什麼』的答案，但至少得以整理出如何叩問『日本如何進入台灣集體意識』的途徑吧。」我知道，毋寧是我相信，我曾經付出的工夫，讓我有這麼一點能力可以承擔這樣的任務。

回到台北之後，我從兩個方向有系統地以行動呼應內在的召喚。一是和麥田出版合作，選書主編了「幡」書系，那是帶著清楚的日本近代文學史概念，針對台灣引介日本文學作品的混亂偏食狀況，特別找出具備有日本近代文學史上的思想、理論代表性的作品，希望讓讀者在閱讀中藉此逐漸鋪畫出日本文學的歷史地圖。

另外，先後在「誠品講堂」和「藝集講堂」連續開設解讀現代日本小說作品的課程。必須誠實地說，我對台灣一般流通的現代日本小說譯本，以及大部分國人所寫的解說，不得不抱持保留態度。最嚴重的問題顯現在：第一，完全不顧作品的時代、社會背景，將小說架空地用自己主觀的心情來閱讀。最誇張的，例如翻譯、解說遠藤周作小說，可以對基督教神學完全無知，也不去查對《聖經》和天主教會固定譯名，而出於自己望文生義臆測。這樣一來，讀者讀到的怎麼可能還是虔信中與信仰掙扎的遠藤周作作品呢？

第二，翻譯者、解說者無法察覺自己的知識或感性敏銳度，和原作者到底有多大的差異。這在川端康成的作品中表現得最明顯，光從字面上去翻譯、閱讀，不能找到方式試圖進入從極度纖細神經中傳遞出來的時序與情懷交錯境界，那就錯失了川端康成文學能帶給我們的最重要感動了。

第三，讀者囿於一些通俗的標籤，產生了想當然耳，而非認真細究的閱讀印象。例如台灣有一陣子突然流行太宰治的「失格」、「無賴」文學；一陣子又轉而流行谷崎潤一郎的「奇情」文學，但對於「無賴」或「奇情」到底是什麼意思沒有認識，對於太宰治與谷崎潤一郎的完整文學風貌也沒有進一步的興趣。如此讀來讀去，都只停留在感受「無賴」或「奇情」而已，無從讓太宰治或谷崎潤一郎的作品豐富讀者自身的人生感知。

在「誠品講堂」與「藝集講堂」的課程中，我有意識地採取了一種思想史的方式來面對這些作家與作品。簡而言之，我將每一本經典小說都看作是這位多思多感的作家，在自己所處的時代中遭遇了問題或困惑，因而提出來的答案。我一方面將這本小說放回他一生前後的處境來比對，另一方面提供當時日本社會、時代脈絡來進一步探詢那原始的問題或困惑。如此我們不只看到、知道了作者寫了什麼、表現了什麼，還可以從他為什麼寫以及如何表現的人生、社會、文學抉擇，受到更深刻的刺激與啟發。

另外我極度看重小說寫作上的原創性，必定要找出一位經典作家獨特的聲音與風格。要綜觀作家大部分的主要作品，整理排列其變化軌跡，才能找出那條貫串的主體關懷，將各部小說視為這主體關懷或終極關懷的某種探測、某種注解。

在解讀中，我還盡量維持作品的中心地位，意思是小心避免喧賓奪主，以堆積許多外圍材料、高深的說法為滿足。解讀必須始終依附於作品存在，作品是第一序、首要的，目的是藉由解讀，讓讀者對更多作品產生好奇，並取得閱讀吸收的信心，從而在小說裡得到更廣遠或更深湛的收穫。

我企圖呈現從日本近代小說成形到當今的變化發展，考慮自己進行思想史式探究可能面臨的障礙，最後選擇了十位生平、創作能夠涵蓋這時期，而且我還有把握自己能進入他們感官、心靈世界的重要作家，組構起相對完整的日本現代小說系列課程。

這十位小說家，依照時代先後分別是：夏目漱石、谷崎潤一郎、芥川龍之介、川端康成、太宰治、三島由紀夫、遠藤周作、大江健三郎、宮本輝和村上春樹。

這套書就是以這組課程授課內容整理而成的，每位作者我有把握能解讀的作品多寡不一，因而成書的篇幅也相應會有頗大的差距。川端康成和村上春樹兩本篇幅最大，其次是三島由紀夫，當然這也清楚反映了我自己文學品味上的偏倚所在。

雖然每本書有一位主題作家，但論及時代與社會背景，乃至作家間互動關係，難免有些內容在各書間必須重複出現，還請通讀全套解讀的讀者包涵。另外因為源自課堂講授，有些延伸的討論或戲說，我還是保留在書裡，乍看下似乎無關主旨，然而在認識日本精神的總目標上，或是對比台灣今天的文學現象，應該還是有其一定的參考價值。

從十五歲因閱讀《山之音》而有了認真學習日文、深入日本文學的動機開始，超過四十年時間浸淫其間，得此十冊套書，藉以作為台灣從殖民到後殖民，甚至是超越殖民而多元建構自身文化的一段歷史見證。

前言

解讀死亡的多樣性意義

文／楊照

我一直記得聽到羅賓．威廉斯自殺消息時心頭猛然糾結的痛。我當然知道電影裡所呈現的角色和演員的真實人生可以有多大的差距，不過另一方面，我也總相信一個演員能演好什麼樣的角色，讓角色能活靈活現地說服、感動觀眾，應該也和他的真實個性與真實信念，必然要有一定的緊密關聯吧！

而羅賓．威廉斯，他不只是好萊塢一流的喜劇演員，永遠恰如其分地守住戲劇和鬧劇的微妙界線，即使為觀眾帶來大笑時，都維持自我與角色的理性平衡，不會過火成了扭曲的丑角；更是演了《春風化雨》、演了《心靈捕手》而留下近乎不朽的形象。他最有說服力的形象就是一位具備強悍卻溫柔能力的導師，能夠將人從混亂、絕望的狀態下拉回來，看到或重新看到生命的美好，顯露出藏在看似無意義偶然下的美好，像是敲開了灰黑多稜角的石質外表，讓人突然與底下一道由鑽石反射的光直面相遇般，那前所未見的光射入眼睛、射入來不及設防的靈魂，瞬間改變了一個人對生命的印象、看法，由負面頹喪轉為正面欣悅。

這樣的人，自己也失去了活下去的力量嗎？難道他過去在電影裡感動我們的演出都是假的？我無法單純如此理解：那個自殺死去的才是真正的羅賓．威廉斯，曾經提供許多人真實生命慰藉與幫助的那個大銀幕上的羅賓．威廉斯是假的。浮現在我心中的，是另外一幅生命圖像，應該有同等真實的兩個羅賓．威廉斯吧！一個熱切活著，不斷在生活中尋找許多積極意義；另一個則帶著強烈的死亡意志，思考、感受著要跨越生命的終極邊界，到似知又似不可知的另一邊去。他的生命一直處於兩股力量、兩種人格趨向的拉鋸競爭中。

關鍵在於：驅動自殺的究竟是什麼？一般的、簡單的看法，認為那是一個人失去了活下去的意志，也許是沒有足夠的勇氣，也許是感受不到足夠的誘惑動機，也許是屈服於太強烈的痛苦之下。也就是自殺死亡作為一種負面的存在，一種失去光的黑暗狀態，是生之意志的匱乏。自殺死亡本身沒有內容、沒有分量，只等同於「不能再活下去」。

然而曾經認真涉獵、整理歐洲精神分析思想理論，從佛洛伊德、榮格、阿德勒、佛洛姆、馬庫色到拉岡的過程中，我清楚感受到生死之間有更遠為複雜的內涵；或更普遍地說，什麼是人的生命、什麼是活著的狀態，遠比一般人的印象與想像複雜得多了。佛洛伊德提出了death wish「死亡意志」的觀察與理論，開拓了一個極大的領域，逼著人們重新思考像自殺這樣的行為。

我們不該繼續維持對於死亡的單向度圖像，只從「生之意志」一邊來看待、來估算，認為最重要的現象就是人對於生命、對於活著有著多強烈的動機，從最高的活力充沛，到最低水位時的乾涸枯竭，死亡不過就是失去了活著的動力。

至少要將這樣的圖像調整為雙面互動、消長、拮抗，我們才有機會碰觸、描述人之所以為人更根本的內在。一面是正常的活著的欲望，另一面則是對於死亡的想像，來自死亡或高或低的誘惑。這兩項因素形成了糾纏紐結的關係，不是簡單的此消彼長。有些人的生之意志與死之動機同樣處於高亢狀態，或有些人長期既沒有要積極活著也不覺得要走向死亡，這兩種情況都很有可能發生、存在。

當我讀到一度轟動、震撼台灣社會的《房思琪的初戀樂園》時，心中有另一份不一樣的刺痛。我讀到了一顆陷入這種生死拉鋸的靈魂，她自己不知該如何抵抗來自死亡彼端的強大拉力，她明明在作品中發出了近乎嘶喊的求救之聲，然而在她身邊沒有人知道如何幫助她梳理生死沖激的動態變化，幫助她在那中間找到一種平衡。她沒有遇到一個像電影裡由羅賓·威廉斯飾演的心靈導師，她自己也沒有來得及從類似精神分析這樣的知識中得到力量，來對應極端的靈魂騷動。

我書寫關於太宰治的解讀內容，和這些事件、這些思考有著密切關係。有一段時間台灣書市中突然出現了許多太宰治的小說譯本，閱讀太宰治似乎一時蔚為風氣，尤其是《人間失格》聲名大噪。

誠實地說，無論在生命意態或小說美學上，太宰治其人其作都和我自己有相當大的距離，但絕對不能因為個人偏好而否定、抹殺太宰治其人其作的特殊文學與歷史地位。然而在重讀、細讀太宰治的過程中，我同時看到了當下諸多台灣評論者、讀者的閱讀意見，難免反覆干擾我，引出我內在、真實的不安。

最大的問題就在如何對待太宰治與死亡的關係。我經常困擾：一個和死亡關係如此密切的作家，要吸收、了解他筆下寫出的生命情態，我們可以不先探討、思考那構成小說永恆底色的複雜死亡意義嗎？倘若忽略了死亡是有意義的，太宰治對待死亡有著和一般人非常不同的態度，我們如何趨近他的小說作品？甚至可以更強烈地問：我們可能真的讀到太宰治的小說內涵嗎？

這樣的環境裡、這樣的心情驅動下，在這本書中，我花了大部分篇幅不是具體分析太宰治的作品，而是從更廣闊也更糾結的角度探問死亡的多樣性意義，最後才將這些討論整理聚焦提供為《人間失格》的關鍵背景。這本書因而不是一般的文學分析，不是集中聚焦在太宰治身上，毋寧是從《人間失格》發散出去碰觸生死之際多面向現象的思考，希望能將明明如此驚人的死亡意志重新放回太宰治的作品中，讓更多人看到，得到更多尊重，乃至於為更多人提供面對生活困境時的一條或許可以通向幻奇花園的歧路。

第一章 太宰治的創作背景

不與時人彈同調

經典重要的第一項特性——那是在不同時代產生、出現的書，是舊書。閱讀經典的意義之一，在於這些書不是為現在的讀者而寫的。儘管每一年有那麼多新書出版，但相較於經典，甚至相較於普遍的舊書，新書太單調，以至於我們不得不讀舊書。

有那麼多新書還太單調？這個論斷來自很簡單的事實：只要是新書，即使我自己現在正在寫的這本書，寫作中作者總是很清楚意識到讀者是誰，因而選擇了想像中可以吸引讀者，讓讀者讀得進去讀得懂的語氣、形式來寫。於是所有的新書就必然帶上了這種共同的時代腔調，背後有著基本的假設——為當代的閱讀環境而寫的。

不管現在的世界多麼熱鬧、豐富，和人類在歷史上曾經累積過的經驗與情感相比，我們都還是少數。舊書被寫出來時，作者的心中沒有、不可能有我們這樣的讀者，也就絕對不會帶上那種迎合當代讀者的腔調。要「不與時人彈同調」是很困難的，每一代都只有那種真正的高才，非常敏感、非常特殊的作者，才有辦法依憑主觀努力，擺脫當代的閱讀習慣，去創造出不受當代讀者預期限制的作品。相對地，每一本舊書卻都輕輕鬆鬆必然就具備這樣的性質，作者不需要任何的自覺，不費任何的努力，自然就寫出了我們這個時代寫不出來的內容。

經典還不只是舊書。所有的經典都是舊書，卻不是所有的舊書都是經典。經典是經過嚴格淘汰後，僅存留下來的舊書。

時代和社會的變化一直不斷將舊的事物拋擲丟棄，那是極為殘酷的過程。曾經出現、曾經存在過的書籍中，只有極少數能在殘酷的淘汰後留下來。這不是我們能選擇的，絕大部分的舊書都消失了之後，到我們這個時代，只剩下著寥寥可數的幾本，和不斷產生的巨量新書形成強烈對比。

經典有這樣的雙重性，一方面來自一個很不一樣的時代、社會，完全沒有要替我們設想、要和我們溝通；另一方面卻從內容中透顯出一些離開了特定的時空環境條件，還能有效對我們說話，衝擊我們、讓我們感動的訊息。

經典一方面保留了那個古舊時代的特定性質，另一方面又有著不受時間變化影響，我們能夠領悟、接受的經驗或思想或感受。

閱讀與觀影

我們正在快速流失閱讀的習慣與能力。閱讀是一種態度，來自於人類文明中累積和文字之間的關係。這不是任何一個人的選擇或鍛鍊，而是源自於幾千年的人類歷史經驗，到我們這個時代早就明確固定下來了。

文字可以保留、轉譯已經消失的經驗、思想與感情，但用的是一種奇特、間接的方式。首先經驗者、思考者或感受者必須先將經驗、思想、感受轉寫為一套抽象符號，是這套符號抵抗了時間留傳下來。閱讀就是面對文字，領受文字中含藏的訊息。

首先，你需要學會符號的對應關係，了解一個個符號的意義，如果沒有學習過這套符號，你就看不懂，接受不到裡面的訊息。接下來，你還不能只是被動地接受文字，必須動用自己的經驗與感受能力，在心靈中重建、重現文字所記錄的內容。

我們可以完全被動地觀賞現在的許多「娛樂大片」。導演用聲光給你什麼，你照單全收就好了，觀影過程中可以徹底不必動用大腦，不必動用記憶或推理。但文字不允許這樣，文字太間接了，有很高的門檻，面對文字、吸收文字訊息時，我們不得不打起精神來，以比較謹慎、嚴謹而且主動的態度來應對、解讀。

這也就是為什麼很多經常沉浸在影音節目中的人，一看到書就忍不住打呵欠。的確，讀書比看影視的心靈要求高得多了。書上有「悲哀」兩個字，那是抽象的兩個符號，要讓這兩個符號產生意義，你必須叫喚自己曾經有過的悲哀經驗或感受，不然這兩個字就沒有意義，你就被這兩個沒有意義、空洞的字卡住了，讀不下去。

關於經驗與思想與情感的描述中，有太多太多的詞語、太多太多的句子、太多太多的表達變化，如果你不願意或不懂得如何召喚、動員自己的內在心靈蓄積，就跨不過門檻，進不了那個豐美的世界。

從運用文字，享受文字功能、效果中，人類文化有了閱讀這件事。專注地動用自己的內在經驗、思想、感受資源來和文字符號對應，讓那些符號變得對你自己有意義。這樣的過程來自於和文字、書籍的交接互動，卻不限於用在文字、書籍上。閱讀比讀書更廣更普遍。意思是你可以用同樣的認真、專注、主動態度去讀畫、讀照片、讀音樂、讀一座教堂、甚至讀一個人。

追隨文學的電影

關鍵在於什麼是值得我們閱讀的？並不是所有用文字寫成的東西都值得閱讀，經得起用閱讀的專注認真態度審視。值不值得閱讀的性質，形成一個光譜，一端是完全不會刺激我們任何主動內在思想與感受的，另一端則是好像無論你多麼用心不斷去挖掘、體會，都總是能在一次次的反覆閱讀中得到新的、不同的收穫。

光譜的一端是像《美國隊長》那樣的電影，那是沒有要你多想多感受，也不可能花時間費力氣去看第二次的電影。你只需要、也只能舒服地半靠躺地，被動接受電影畫面聲音傳遞來的固定訊息，好人壞人清清楚楚，該緊張還是該放鬆的劇情清清楚楚，最後的結局沒有任何懸念，就這樣。

這是現在大家習慣看到的電影，養成了大家看電影理所當然的態度。然而還有一些電影保留了從舊傳統裡來的舊風格，像是《化妝師》（The Dresser），或是濱口龍介的《偶然與想像》那樣的電影。《偶然與想像》第一段電影中，先讓我們看到兩個女人在計程車上的對話，畫面和聲音都過去了，然後我們突然理解原來對話中含藏了一段只有其中一個女人理解了的祕密，於是要繼續看電影，我們不能讓剛剛看過的對話段落就過去了，必須在心中重新召喚出來，記憶一番，並且對照接下來要發生的事。這對照不是在眼前的銀幕上發生的，只能靠觀眾自己在心中整理進行。

電影在十九世紀的最後時刻，由盧米埃兄弟發明。今天去到巴黎，還能在巴黎歌劇院旁邊的路上，找得到當年他們第一次放映電影的地點。那時候巴黎是全世界的文化、藝術之都，那個時代氛圍中，文學尤其占據了最主要的文化、藝術中心位置。電影誕生在那樣的環境中，很自然地「認賊作父」，在文學的龐大陰影下成長，將自己視為是文學的後裔，以文學為典範、榜樣來建構個性。

所以電影也要追求複雜與曖昧的多層意義表達，好的電影不能一眼被觀眾看穿，要能提供讓觀眾反覆思考咀嚼的形式與內容。好的電影給不一樣的人看，每個人應該會有不同的想法、不同的感受，得到不同的自我人生投射經驗。

電影模仿文學，或說電影套襲了文學的性質與標準。在那幾十年間，電影要求觀眾去「閱讀」，能夠刺激專注閱讀反應的，才被視為是好電影，才能成為經典電影。

不過這樣的時代在一九九〇年左右結束了。我們可以說在那段時間中電影醒過來了，意識到自己就是電影啊，明明不是用文字寫的文學，為什麼要模仿文學，追求那種閱讀的效果？

電影是聲光影視，是可以瞞天罩地將觀眾包圍，強勢地主導、控制觀眾，徹底取消觀影過程中的主動思考與感受。電影可以全程操控，讓所有的觀眾在同一個地方笑、同一個地方哭，同一個地方疑惑、同一個地方得到同樣的解答。這是電影最獨特、最擅長的，也是和文學最大的不同之處，具備文學做不到的效果。

從此之後，電影講究的不再是刺激觀眾主動主觀介入體會理解，而是讓觀眾被動接受一套固定的情緒引導。電影的標準改變了，於是大部分的主流電影，不再需要被「閱讀」，甚至都變得不值得被「閱讀」，明顯地在光譜上朝那簡單的一端挪移了。

經典作品中的現代性

回頭說一下《化妝師》這部由安東尼．霍普金斯和伊恩．麥克連兩位老牌演員主演的電影。不只演員資深，這部電影本身也有資深的來歷，源自於羅納德．哈伍德（Ronald Harwood）所寫的小說，而且是早在一九八三年就曾經被改編拍過電影。一方面是來自文字的淵源，另一方面是在我剛剛提到的電影轉性之前所發生的事。

《化妝師》設定在第二次世界大戰的歷史時代背景，一個專門演莎劇——莎士比亞劇本——的劇團，在德軍轟炸倫敦的緊張氣氛中，他們堅持繼續演出，堅持倫敦人過正常生活不被德國人破壞的尊嚴。這位專業的莎劇演員，要冒著被空襲轟炸的危險，演出他一生中的第兩百六十七次《李爾王》。

這樣一部電影和《美國隊長》或《屍速列車》有什麼不同？像是來自兩個世界的東西。如果對莎士比亞沒有概念，無法感受《化妝師》，你不可能進入這個第兩百六十七次扮演李爾王的劇情設定裡。一個到了遲暮之年的演員，快要被反覆演出李爾王弄瘋了，他的疲憊、他的抗拒，我們要能了解，才能進一步知道陪伴、伺候他三十年的化妝師如何在他瀕臨精神崩潰的情況下照顧他、哄著他、刺激他，讓同樣冒著空襲危險堅持來看戲的倫敦市民不會失望。

化妝師幾度對劇院經理說：「我們不退票、不延期、不取消演出。」那不只是劇團的傳統，不只是劇團和戲院的生計考量，還有英國人的骨氣與尊嚴因素，正因為面對德國人空襲，如果取消演出就變成了向德國人的炮火威脅屈服。

電影放在這樣的背景中展開，有很多訊息不是電影直接提供的，但正因為這樣，所以不同的觀眾有不同的準備，《化妝師》電影就能引發不同的反應，刺激不同程度的感動。這是適合以閱讀方式來面對的電影，可以讓我們從閱讀中擺脫千篇一律、千人一面的無聊現代群體生活，得到一種個人、自我的多樣性保證。

來自於異時代環境的經典提供我們機會進行「雙焦」的閱讀。一方面這是舊書，舊書有舊書的陌生性質，請不要理所當然將作者看成是和我們一樣的人，他不是，他是一個來自遠方的陌生人，閱讀時你首先不能把他當作隔壁老王，不能把他寫出來的內容讀成是隔壁老王會說得出來的。

所以我們要聚焦在這部書形成的時空環境，這位作者活在那個環境中他的特殊遭遇，還有，他的特殊困擾、疑惑。還要弄清楚，在那樣的一個社會中，他是為了什麼樣的當代讀者，和我們很不一樣的一群人而寫的。

這是聚焦於經典的異時空、異質性。而另一方面，不同的時代產生過那麼多不同的書，絕大部分都消失不見了，為什麼偏偏是這本留了下來呢？經過一百年、兩百年甚至更久，顯然寫書時原本預期的讀者都死去消失了，作者也不在世上了，但這本書必定吸引了新一代的讀者，一代一代有讀者接力閱讀，這本書才可能穿越時間，留傳到我們手上、眼前。

所以另一個焦點在於：書中有什麼內容能夠吸引一代一代不同處境中的讀者，都對這本書有感應，都覺得閱讀這本書有收穫、有意義，甚至有必要？這跨越不同時代不同世代的共同訊息是什麼？很顯然的，創造出跨越時空閱讀體會的內容，必然碰觸到某種普遍的人性，或人的普遍處境，既然是普遍的，當然我們也在其中，我們也會遇到。

大致以十九世紀為分界點，從那之後，全世界各個不同的傳統社會，陸續都經歷了「現代轉型」，變成了現代社會。最早轉型的，是受到法國大革命衝擊的歐洲，從一七八九年到一八四八年，各方面的革命徹底改造了歐洲的環境。然後由歐洲開端的現代潮流，隨著西方帝國主義的發展，傳播到全世界各地，沒有任何一個國家、任何一個社會，得以避開這樣的改造，包括日本、中國以及台灣。

今天我們當然是活在一個「現代」環境中，我們視之為理所當然，但有時候太理所當然了，以致於很少去思考、去追究如此決定我們具體日常生活的「現代性」到底是怎麼來的，又包括了哪些內容，用什麼方式包圍束縛著我們。

要了解「現代」的來歷，當然不能靠閱讀《論語》、《伊利亞德》或《源氏物語》。而是需要從十九、二十世紀一些比較「年輕」的經典中去汲取滋養與靈感，重建「現代轉型」的過程，給我們得以看清楚自身生活環境的眼光與視野。

日本的「脫亞入歐」之夢

太宰治本名是津島修治，出生於一九〇九年，比芥川龍之介晚了十七年，十七年的差距卻足以使他們兩人在日本歷史上分屬兩個不同的時代。芥川龍之介是一位「大正作家」，他幸運地活躍在大正年間，芥川龍之介去世的一九二七年，不只換上了昭和年號，日本歷史也開始了大轉彎。

一般通行的說法叫「大正民主時代」，而對應於「大正民主」，從一九二六年開始的昭和時期，最大的特色是軍國主義的興起，導引向日本對外侵略，發動了愈來愈激烈、愈來愈難收場的戰爭。

關於這段劇變，必須遠溯更早的明治維新，以急切的心情開始了日本大幅西化的歷程。受到西方勢力威脅與屈辱後，日本先是選擇了「尊王倒幕」，將德川幕府推翻了，接著「王政復古」——政治權力交回天皇手中——後，積極地「一面倒」學習西方、引進西方文化徹底改造日本。

日本明治維新前三十年的變化，幅度與速度都極為驚人。對比一八四〇年發生鴉片戰爭的中國，一直到一九一九年的「五四運動」，八十年間和西方進行的種種交涉，引進的西方元素對社會的影響，都還比不上日本這三十年。

日本在一八九四年擊敗了中國，一九〇五年又在日俄戰爭中取得勝利，證明了明治維新的正確與成功。到這時候，他們才終於可以稍微放慢西化改造的步調，回過神來檢驗一下過去三十多年到底發生了什麼事？日本變成了什麼模樣？經過西方文化洗禮後的自己又究竟成了什麼樣的人？從明治後期進入「大正民主」，可說是日本逐漸消化「維新」情境、作用的階段。

明治後期，日本人的自信心高漲，最突出的代表，是福澤諭吉提出的「脫亞入歐」口號。日本人當然不可能真的將自己的島嶼搬到歐洲去，但在意識上，他們認為自己有機會可以和歐洲列強平起平坐，進入列強的權力體系中。

刺激日本人追求「脫亞入歐」，其中有強烈的中國情結影響。一方面在亞洲中國是大國，是理所當然的老大哥領導者；另一方面，中國卻又積弱不振，成為歐洲人覬覦欺壓的對象，那麼與其在亞洲期待中國振作或被中國拖累，不如索性走另外一條完全不一樣的道路，告別有中國而無法進步的亞洲，爭取成為歐洲國家的一員。

一九〇五年取得對俄羅斯戰爭的勝利，是最接近能夠實現「脫亞入歐」夢想的時刻。得以擊敗龐大的歐洲強權，證明日本不容輕忽的實力。然而「維新」所帶來的自信心，此時升到最高點，再也推不上去，轉而開始滑落了。

首先，日俄戰爭的勝利和日清戰爭很不一樣，日本只從俄羅斯那裡得到了少額的軍費補償，沒有任何割地賠款，而且訴諸戰爭本為了中國東北的利權，戰事也都在東北境內進行，然而仗打完了，簽訂的合約中仍然被迫同意與俄羅斯共同開發東北。日本不得不認清，勝利只是建立在打敗了遠道而來的俄羅斯波羅的海艦隊基礎上，如果繼續打下去，日本自身將付出無法預期的巨大代價，還無法有把握必勝。換句話說，日本只是「慘勝」，拿到一紙合約保住了面子。

其次，日俄戰爭的龐大耗損，重傷擴展太快的日本經濟，引爆了戰後的種種社會動盪。日本人不得不放慢西化改革腳步，正視明治維新帶來的負面衝擊。

「浮士德精神」的危機

太宰治出生時，日本正面臨經濟停滯的問題，還有快速工業化帶來的勞動力失衡、新興資本家把持政治等諸般騷動，那也就是「大正民主」現象的時代背景。從明治年代立定志向一心一意向西方現代「一面倒」，轉而感受強烈徬徨迷疑，不得不探問：日本的未來是什麼？日本接下來該走哪一條路？

「大正民主」的另一項時代背景，是一九一四年爆發的第一次世界大戰。戰爭在歐洲爆發，主要的參戰國是德國、奧地利、法國、英國和俄羅斯，原來也稱為「歐戰」，後來卻擴大成為前所未見的「世界大戰」。從「歐戰」到「世界大戰」，中間的關鍵在於帝國主義與殖民地，參戰的幾個國家中，德國、法國、英國都有海外殖民地，於是殖民地被動員參戰，戰爭的領域也進而包括了海外勢力範圍的爭奪。不過也正因為這樣，這場「世界大戰」在歐洲以外地區被捲入的，主要是各國殖民地，其他國家受到波及的不多，絕對不是全世界都被捲入戰火中。

一個醒目的例外是日本。日本不是歐洲國家，也不是殖民地，卻主動積極參與第一次世界大戰。這很明顯地是出於「脫亞入歐」的策略選擇，視戰爭為日本終於能夠加入歐洲列強陣營的難得門票。

參戰的過程一度讓日本人極感興奮。戰爭刺激了經濟景氣，日本又選對邊成為戰勝國，得以堂皇地以戰勝大國姿態出席戰後的「巴黎和會」。不過「巴黎和會」成了關鍵轉折點，在和會上，由西園寺公望帶領的代表團飽受冷落，要求將「反歧視條款」寫入國際聯盟規章被美國總統威爾遜徹底否決，好不容易掙來德國原先在中國山東的利權，卻遭到中國最強悍的反抗。

這是一大盆冷水。拿到門票進了門，在歐洲那裡，日本發現自己還是只能敬陪末座，和日俄戰爭的結果一樣，得到的只是一層薄薄的面子，沒有多少實質的裡子。更進一步，要在西方列強間敬陪末座得到的待遇是被美國和英國挾持，用條約硬性限制日本海軍的發展，規定其船艦總噸數不得超過美、英海軍的百分之六十，要一直保持這種次等軍力的狀態。

第一次世界大戰帶來另一項震撼效果，是歐洲自身在物質與精神上的雙重殘破。戰爭徹底毀滅了原本十九世紀的樂觀昂揚氣氛，經歷了四年戰爭的破壞，歐洲不可能維持對於進步的信仰，轉而對於自身文明發展充滿了懷疑。史賓格勒（Oswald Spengler）的《西方的沒落》成了戰後歐洲影響力最大的一本書，書名如此明確地宣告西方文明走向沒落，書中論證歷歷，文明有其生命，也就有其生老病死，如同一年必然經歷春夏秋冬，西方文明明顯地要步入秋冬了，那是歷史的必然，不是人為主觀能夠改變的。

《西方的沒落》中，史賓格勒又特別凸顯西方文化中的「浮士德精神」，一種莫名向前不斷追求、不斷征服的意向，使得歐洲能產生輝煌的文明成就，卻也必然將歐洲帶向如此可怕、毀滅性的大衝突。「浮士德精神」創造了西方文明，卻也幾乎必然地將毀滅西方文明。

在戰後歐洲普遍瀰漫的悲觀氣氛中，回頭看日本的「脫亞入歐」追求，毋寧太諷刺了！費了那麼大工夫千方百計讓自己擠進一個沒落了的團體裡，人家自己都失去了信心，甚至轉而要向東方哲學、東方文明求問出路，你卻還要忍受歧視眼光去和這些人為伍？

這不只是「脫亞入歐」的夢碎，而且迫使日本人必須重尋一條國家發展的新道路。

從大正到昭和

「大正民主」以「民主」命名那個時代，不過真正在日本社會、思想、文化上帶來的作用，其實是多元混亂。那是放棄舊信念、尋找新方向必定會出現的情況。大正時代的前期，西方的自由主義、社會主義甚囂塵上，一度被視為是改革日本內閣、國會體制的藥方，不過到了後期，整個局面變得更動盪，各種主張不只更多元，而且也更激烈。

太宰治成長於這樣的環境中。一方面價值觀的大混亂引發了強烈的危機感，刺激了新的保守態度興起，許多人希望得到明確的、集體的答案可供生活依憑，不想要繼續活在各種衝突的主張論戰中無所適從，於是強調天皇權威、強調高度服從國家利益的軍國主義有了愈來愈大的吸引力；但另一方面，從多元快速收束為一元的高壓過程，當然使得許多人對於失去自由強烈地難以適應。

新時代的一元價值觀很快有了焦點，從放棄「脫亞入歐」後逆轉形成的，日本要回到亞洲，轉而領導亞洲對抗、甚至超越第一次世界大戰後悲觀沒落的歐洲，那就必須處理中國。在這個策略下，過去間接追求在中國扶植一個親日政府的作法顯得太保守了。

大正結束、昭和開始，是一九二六年，不過後來日本歷史意識上認定的「昭和史」是從一九三一年的「滿洲事件」開始的。「滿洲事件」的前導，是一九二八年的「濟南事件」以及在皇姑屯炸死張作霖，而進軍滿洲之後，又有一九三二年的「上海事件」。

這在日本歷史上是清清楚楚前後連貫的，表現了皇軍決心以武力進入中國，直接操控中國。「濟南事件」與炸死張作霖是為了阻止國民政府勢力進入東北，等到張學良正式加入國民政府，日本軍方就直接派兵入侵東北。在中國現代史上，將發生在東北的「九一八事變」與發生在上海的「一二八事變」分開處理，但實際上連貫的真相是日本軍部啟動了對中國的武力侵犯，便一不作二不休，沒有要停留在控制東北，試圖擴大占領上海不成，之後轉移焦點在熱河、察哈爾及華北積極活動，要達成控制中國的目的。

這樣的過程，在日本國內衝擊了內閣與軍部的權力運作，也實質上改變了天皇的地位。關於裕仁天皇的戰爭責任，到現在並沒有明白定論，關鍵就在於這段時期的日本政治體制暗潮洶湧，不斷產生種種變化。軍部藉由抬高天皇地位來遂行其對外擴張的意志，壓倒國內其他政治勢力，但實際上又必須盡量避免天皇個人意志介入政治與軍事行動決策。

這段戰爭侵略歷史，與天皇制密切相關，天皇制甚至也決定了日本戰後發展的軌跡。一九四五年日本敗戰投降後，美國麥克阿瑟將軍力主保留天皇，替日本人維持了最後的尊嚴，進而在日本人心中取得了和天皇同等的榮崇地位，大幅降低了日本人對於美軍占領的抗拒，願意和美軍總部配合，在很短的時間內建立起新的民主體制與新的經濟基礎。

然而麥克阿瑟獨斷決定保留裕仁天皇，實質上等於背書替裕仁開脫戰爭責任，引發了後續的無窮爭議，即使後來披露的許多史料，都無法得到明確、共識的答案。

一方面，資料上顯示裕仁天皇遵從立憲制度，只要是內閣一致的決定，他從來不曾推翻過，沒有以自身意志做過任何決策。然而另一方面，資料也顯示在天皇如神的權力架構中，裕仁的想法、意志有太多其他管道可以傳達給內閣與軍部，幾乎不可能有違背他想法、意志的決策送到殿前會議來，所以哪些案子是揣摩天皇心意而形成的，哪些案子又是天皇被動同意的，根本無法分辨。不要說後世的史家，恐怕連歷史現場的當事人都不見得弄得清楚吧！

日本走向軍國主義道路的過程，其實是由一個相當年輕的天皇，帶領一個高度不穩定的政治權力運作機制，中間充滿了不確定性，唯一最明確的，是日本要藉由掌控中國來領導亞洲的這份野心。

「國民」的集體一致性

「五四運動」後中國掀起的反日狂潮，加上國民軍北伐使得親日的北洋政府搖搖欲墜，導致日本認定政治與外交手段絕對不足以控制中國，必須訴諸於軍事武力。

軍人與部隊愈來愈重要，相應地，如何管理軍隊、如何運用軍力，變得愈來愈複雜。日本的軍事體制是模仿普魯士的，當時被視為最新、最有效的軍政、軍令二元系統。我們在台灣施行的，也是這種二元系統，在最高統帥以下分為由國防部領導的軍政系統，以及由參謀本部負責的軍令系統。兩個系統理論上彼此分工並在權力上平衡，確保最高統帥的終極仲裁、指揮權，軍政或軍令系統的領導者在無法指揮另一個系統的情況下，不可能僭越最高統帥的權力。

不過在日本，最高統帥是無論從歷史慣例，或依照立憲體制，都不直接、積極參與決策更不涉及執行的天皇，於是這種二元制幾乎必然帶來的結果是兩個系統間的長期拉鋸、抗衡乃至鬥爭。影響所及，不只是使日本的軍事行動經常暴衝冒進，更因為軍政部門屬於內閣，而連鎖反應造成政治上的長期動盪不安。

日本在昭和時期如此搖搖擺擺走上軍國主義的道路。激化的一元統治價值觀要逆反大正時期的多元開放，對西方文化元素轉而採取了敵意的態度，快速地走向自我封閉。環繞著天皇制、天皇信仰、天皇至高神聖性，取消個人意志與個人自由。

走向戰爭的過程中，建立了一個代表集體性高峰的「國民」（こくみん）觀念。「國民」這個詞在那十幾年間不斷改變、不斷強化，在昭和時代的語言與文書上出現頻率愈來愈高。和「國民」相對的，更恐怖又更切身的，是愈來愈流行的「非國民」指控，「非國民」涵括的範圍愈來愈廣，從行為到語言到思想。愈是強調「國民」的一致性，也就愈是要加強對於「非國民」的批判乃至壓制、懲罰、掃蕩。每一個人都受到影響，原先可以做、習慣做的事，可能突然就被納入「非國民」的範圍，突然就不能再做了。那不是法律上的禁制，而是從社會面來的譴責，其範圍更廣，從公開行為到一般私生活乃至腦袋裡所想的，都在被監視控管的範圍內。

整個環境要將每一個日本人，尤其是日本男人，訓練成有效的帝國軍隊成員。走的是一條狂妄卻又艱辛的「小國崛起」道路。「小國」沒有足夠的客觀條件，人口、資源各方面不可能具備優勢，於是必須特別強調主觀意志的作用。十九世紀普魯士興起，最後在普法戰爭中屈辱大國法國完成德國統一，成了「小國崛起」的典範，也成了日本最主要模仿的對象。

德國統一過程中，斐希特（Johann Gottlieb Fichte）的《告德意志同胞書》曾經發揮過極重要的作用，書中提出了嚴格精神性的民族主義觀念，主張精神力量的關鍵地位，要求每個人在生活上落實這份精神性的民族成員責任。這樣的主張被移植到日本，要將軍國主義落實到每個人的日常「修身」上。

軍國主義以集體的力量，嚴格要求個人生活上的訓練、配合。產生了接近理想的「武士道」的高度紀律。強調每個生活細節上的管束，節制欲望、去除對於死亡的害怕，縮小私人自我，奉獻於公共集體目標。

昭和時代的逆流

太宰治最欣賞、最崇拜的兩位前輩作家是泉鏡花和芥川龍之介，他的生活意念與文學品味最接近芥川龍之介，然而他所處的已經不是芥川龍之介的那個「大正民主」時代了，是絕對不民主，反對個人自由的昭和軍國主義時代。他的悲劇在於個人信念與時代潮流徹底相反。

從文學的追求與表達上看，芥川龍之介毋寧是幸運的，時代給了他可以去探索現代精神，在作品中恣意發揮細膩的自由觀念的空間。相對地，原名津島修治的這位作家，等到他採用太宰治這個筆名在日本文壇受到注意，那是一九三三年，「昭和史」已經正式展開了。

太宰治的人生與作品，是昭和時代的一股逆流。從比較長遠的歷史角度看，光是在昭和時代能有太宰治其人其作存在，就有特殊意義、特殊價值。證明了即使是那麼嚴密、凶悍的軍國主義集體管制，都不可能完全消滅個人意志，不可能讓文學完全失去反抗一元一統的個性。

《人間失格》中描述主角在中學的愛好：菸、酒、妓女與左翼思想，雖然只是一筆帶過，然而放進到昭和史的背景中，卻意義深遠，因為這幾樣東西都是軍國主義的眼中釘，被視為「非國民」的典型行為，一定要被整肅消滅。

和不過才十幾年前的「大正」時代相比，活在昭和史中的日本青年，太宰治的這一代，徹底失去了開放、自由，可以去進行不同的哲學、文學、藝術、思想與行為實驗的空間。他們活在一個愈來愈窒息的環境中，面對漫天罩地、排山倒海而來的軍國主義管制，他們連能夠發出吶喊表現反抗的方式都愈來愈少。最後只剩下菸、酒、妓女與左翼思想。

一九三五年，菊池寬為了紀念一九二七年去世的好友芥川龍之介，在他所經營的《文藝春秋》雜誌，設立了「芥川賞」。第一屆「芥川賞」的得主是石川達三，但在評審過程中，太宰治這個名字卻讓許多人留下了深刻印象。

《文藝春秋》辦理的「芥川賞」、「直木賞」採取固定評審制，也就是每一屆的評審大體相同，少有變動。例如瀧井孝作從第一屆擔任評審，持續到一九八一年，連續擔任了四十六年。另外川端康成也從第一屆就擔任評審，連續三十五年，一直到一九七〇年。

而第一屆「芥川賞」主要的評審故事，就發生在川端康成和太宰治之間。太宰治的作品〈小丑之花〉（道化の華）入圍決審，川端康成表示了反對意見，說：「這不像是一個過著像樣生活的作者寫出來的作品。」太宰治看了評審紀錄之後，生氣地寫了一封公開信給川端康成，反唇相譏：「養養鳥、看看舞踏難道就叫『像樣的生活』嗎？」

在那樣的時代氣氛下，兩人看似無聊的吵嘴，其實背後各有更大的對應背景。川端康成代表的是當時軍國主義的一種衍伸價值觀，質疑「一個生活不像樣的作者，可能寫出像樣有價值的作品？」而太宰治反過來用軍國主義的標準來諷刺川端康成，意思是如果要用那樣的修身國民標準，你的生活也不合格吧！哪會輪到你在責求我呢？如果我的生活不合格所以作品必然不夠「像樣」，依照同樣的邏輯，你的作品也應該因為你的生活方式而同樣被視為不夠「像樣」吧！

醒目又礙眼的頹廢

不過這是太宰治激憤下的強詞奪理。雖然才出道不久，文壇上已經有很多人知道太宰治過的是什麼樣的生活，和「養養鳥，看看舞踏」絕對不能相提並論。

他來自青森縣的沒落貴族家庭，到東京念書，之前沒學過法文，卻進了法文系。經歷了被學校退學，染上鎮靜劑中毒，一九二九年時因為參加左翼地下團體遭到警察逮捕偵訊，寫下了自白切結書才得以免於坐牢。

一九三五年時，太宰治已經是個奇特的作者，他是什麼樣的人和他寫什麼樣的作品同樣受人注意，在時代氣氛下，很多人視他為社會之敵，他大剌剌地展現出這一面在別人眼前。

他的頽廢與作品中的頽廢，放在昭和時期社會背景下格外醒目，或者該說格外礙眼。其人其作都引人側目，兩者必然密切結合。在那樣的環境中，不存在自由書寫頽廢、表現無賴的空間，頽廢、無賴風格標示、證明了作者一定墮落在社會的某個角落，引來集體的青白眼譴責。

不過那個時代又還沒有嚴格到禁制所有頽廢、無賴作品出現。於是在那樣的夾縫中，太宰治成了一個文壇奇觀，甚至是社會奇觀。大家都知道他是個不像樣的浪蕩子，拿他沒有辦法，反而給了他一份寬容，認定他就是一個瘋狂不可理喻的存在，被他近乎瘋狂的異質性吸引。

他寫了很多和那個時代軍國主義氣氛完全不搭調的怪談或怪戀故事。不過他也不是完全不受當時環境壓力影響。他寫過一本叫《津輕》的小說，將背景設在自己的家鄉，寫的是配合戰爭宣傳的內容，那是他的妥協。不過大部分時候，他一方面靠著近乎裝瘋賣傻的無賴策略，另一方面避免寫男人，多專注寫女人，得以避免在昭和史的大浪潮中滅頂。

他得到的特殊寬容地位，絕對不值得羨慕，過程中付出了極高的精神代價。就是那樣的極端壓抑，使得太宰治在戰爭結束之後，很短的時間內連續寫出了《維榮之妻》、《斜陽》和《人間失格》等重要作品，但卻在迸發出驚人創作力的同時，也帶著同等驚人的強烈死之欲望，最終在一條小小的溪流中終結了自己的生命。

非日常的怪異——〈皮膚與心〉

從芥川龍之介到太宰治，最明顯的連結是「怪談」。《人間失格》中有這麼一句有點無釐頭的話：「人世間除了經濟之外，還有怪談。」比起一般常用的「無賴」標誌，其實在了解太宰治作品上，「怪談」可能是更重要、更有用的關鍵詞。

芥川龍之介寫的「怪談」小說，是用古代的故事，將現代讀者帶進一個陌生的情境中，從陌生的事件裡回頭照見了自己的現代盲點。「怪談」之「怪」會奇特地產生一份現代驚悚，讓讀者重新叩問什麼是人情？什麼是生命的意義？〈羅生門〉是這樣的作品，〈地獄變〉也是這樣的作品。

太宰治在小說中同樣追求這種現代驚悚的效果，但沒有必然要運用歷史的、古老的時空元素，而是主觀地創造出一個脫離現實、充滿詭異非正常氣氛的場景，讓故事在其間開展。

太宰治有一部小說集，書名是《皮膚與心》，集子中的這篇〈皮膚與心〉主角是一個到了二十八歲還嫁不出去的醜女。她不只長得醜，家境又不好，簡直沒有希望了。到二十八歲卻有人來提親，對方三十四歲，沒有了不起的家世，但有一份雖不高貴卻穩定的工作，和另一個女人在一起六年卻分手沒有成婚。醜女沒有什麼好挑剔人家的資格，就答應了這件婚事。

結了婚之後丈夫非但沒有嫌她長得醜、出身不高，反而常常讓她覺得對她太好了，寧可丈夫對她粗暴一點，以更權威的方式對待她。因為丈夫和她一樣，都是很沒自信的人，這段婚姻變成了兩個極度沒有自信的人的結合。

有一天，這個女人洗完澡注意到自己身上長出奇怪的疹子，她向來最怕皮膚出問題，不得不去一個有名的診所就醫。那個診所除了看皮膚科之外，也有泌尿科，會有患了性病的人進出，使得她覺得很窘迫，不願意丈夫進來一起候診。於是她自己一個人面對很不舒服的診所情境，而有了種種思緒。

她回想起兩人結婚之後，找了一個新的地方，丈夫只打包了一些簡單的東西，搬進來和她一起生活。因而雖然知道丈夫之前曾經和另一個女人在一起長達六年，但他們住的地方沒有任何一點那個女人的影子，甚至讓她無法感受到丈夫過去曾經有過別的女人。

然而就在身體起疹子，去到平常不會去的診所，雜坐在可能是患了性病，讓人很容易聯想起性愛肉欲關係的男人之間，她突然產生了對於那個女人的強烈嫉妒、甚至憤怒。

這裡太宰治還安排了一段小插曲。她去診所候診時，帶著一本書，是福樓拜的《包法利夫人》。讀到艾瑪．包法利去和情人幽會那段，她突然聯想，如果恰好艾瑪身上長出疹子來，那會怎麼樣？是不是整件事情就變得不同了，艾瑪後來的命運都隨而徹底改觀？人真的會被疹子如此主宰、決定嗎？

是不是無聊空想，毋寧是小說真正的重點。誰能對於非預期的情況，即便只是臉上突然長出疹子來，會如何影響、改變自己的行為有充分掌握的？誰又能總是弄清楚自己的人生、命運，是如何被什麼偶然因素決定的？

這是太宰治「怪談」的典型寫法。人在不預期的情況下，進入了一個非日常的怪異狀態，反而才能知道自己究竟是一個什麼樣的人。日常、正常的定義，就是我們會做什麼、說什麼、甚至想什麼，都有著固定的模式，如此固定以至於再也分不清哪些是順應外在規範的，哪些是來自內在自我要求的。所以其實也就無從知道真實的自我到底是怎樣的一個人。

只有被放置在一個不正常，無從準備、預期的環境裡，正常隱退產生的「怪」之中，人才會有更真實的反應，看到更真實的自我。〈皮膚與心〉裡的女主角在診所裡進入「怪」的場域中，〈葉櫻與魔笛〉的姊姊則是在妹妹因為腎結核重病不久於人世時，進入了「怪」的場域，而得到了令人意外、感人的生命體會。

人世間除了經濟之外，還有怪談

太宰治的一個短篇，取名為〈哀蚊〉，就像秋天的蟬叫「寒蟬」，秋天活不久的蚊子叫「哀蚊」。這種蚊子活超過了一般蚊子的時間，以至於活著都是件悲哀的事，衰弱得不需要點蚊香去驅趕。小說中以這種非常狀態的「哀蚊」構成「怪談」的背景。

「怪談」之怪，對太宰治來說，還有另外一個翻轉的重點，在非常、不熟悉的情境中，人直覺反應地做了不同決定，於是回頭對照發現：自己平常按照世俗社會規範所做的選擇，其實很奇怪。突然之間有了兩個我，哪一個比較真實呢？原本習慣的那個我，一下子變得不再理所當然，反而展現出讓自己覺得奇怪的性質。

在一個意義上，太宰治所寫的小說都是「怪談」，因為他不信任日常、正常，不願意寫日常、正常。即使不是依循「怪談」文類外表形式寫出來的作品，寫的也都還是怪異情境下人的各種不同反應。

如此我們能夠理解為什麼他說：「人世間除了經濟之外，還有怪談。」「經濟」指的是現實利益算計，也就是正常生活邏輯的代表；其對面，往往被我們忽略了的，是只有在非常情境中才會展現出來的另一層更深刻、更真實的自我。

從這裡又長出了太宰治的作家自覺。要成為一個合格的作家，必須能夠掌握的，於是就不是「人間條件」，不是去觀察、凝視、整理正常的生活現象，放在太宰治所處的時代，那就是軍國主義塑造出來的種種規條，進入那樣的規條中，怎麼還能看得到真實的人呢？相對應的，一個合格的作家應該進入陰暗之處，「怪談」會發生的地方，才能挖掘出值得被寫的事、值得被認識的人。

因而《人間失格》這個書名有著特別的指涉與重量。一個作家本來就不是、不應該是依循人間條件生活、寫作的。他活著，卻不斷離開正常的人間條件，自願「失格」，以便去尋找人間條件以外，陰暗、灰色、可怕、曖昧的內容。

一個作家必須要有「非人」的經驗。太宰治所追求、所展現的，比夏目漱石思索、探討的「非人情」要激烈、極端得多。他要做的，是以自己的生命去體驗「怪談」處境，以某種形式離開了「人間」，反而才能變成了真實的「我」。

《人間失格》中，一方面將「經濟」和「怪談」對立起來，另一方面卻又提到「馬克思經濟學」，讓「馬克思經濟學」成了「經濟」和「怪談」之間的奇特連結。現代經濟學，正常的經濟算計，從需求和供給產生價格的關係講起。但馬克思經濟學完全不是如此。馬克思經濟學有著哲學式的前提，關注人活著的意義。因而馬克思經濟學的起點不是價格，而是價值，認定從價格到價值，是一種墮落、一種「異化」，人放棄了個人真實的不同價值判斷、選擇，接受用貨幣統一認定的價格，進而原本當作交易中介工具的貨幣，倒過來成了人的主要追求目標。

如果沒有方便量化的貨幣作為中介，各種不同價值的物品無法交易。但這樣的工具，卻在現代經濟運作中，轉過來變成大家追求的目標，變成交易是為了換取更多貨幣、為了累積貨幣。在馬克思眼中，這是絕對荒謬的逆轉現象，手段變成了目的，應該要服務主人的僕人搖身一變要求主人奉侍他，那就是「異化」。

原本人生的價值是多元多樣的，每個人有不同認定、不同選擇，在湖邊讀一首詩，在風雨夜和久別老友重逢吃一頓飯，春天時看到庭院裡的花綻放開來……都各有其無法代換的價值。然而貨幣發展到一定程度，以貨幣為基礎的經濟算計中，一切都被化約為金錢數字，能用數字表現的、有價格的，才有價值，而且其價值高下變成以價格來統一衡量，不再有個別差異。剛剛前面舉的幾個例子，在經濟算計中都沒有特別價值了，因為沒有可以衡量、可以比較的價格。

我們讓貨幣這個工具提升成目的，接受貨幣的主宰，那就是現代經濟最大的特色，也是一般「人間條件」中的主要項目。馬克思經濟學卻不接受這種「人間條件」，提出了他另外一套浪漫理想看法。

太宰治的確展現了同樣浪漫的觀念，在《人間失格》中弔詭地去呈現到底什麼是人，什麼才是像個人一般的活著的狀態。

第二章
直視生與死——太宰治的自殺之書

名作《人間失格》真能代表太宰治？

容我先表白一個當然帶有高度主觀偏見的評斷意見：《人間失格》雖然是太宰治最有名、最受歡迎的小說，卻絕對不是他最好的作品。解讀《人間失格》或許就可以用這樣的問題作為起點——為什麼他最受歡迎的作品不是最好的作品？最好的作品無法取得和《人間失格》一樣的名氣與地位？

《人間失格》很重要，因為這本書在日本社會引起的反響、回應，給了太宰治在日本文學史上一個明確的性質與位置。基本上一直到今天，從日本文學史的角度談論太宰治，大家會用到的描述、形容，幾乎都是針對《人間失格》，都是符合《人間失格》作品性質的。

太宰治是一九〇九年出生，一九四八年，還未滿四十歲就去世了。他來自青森縣，那是本州島的最北邊，而且是青森縣最北邊的津輕郡，也就是緊臨著津輕海峽的海邊，海峽的另一端是北海道。

太宰家原本是青森縣的望族，卻在太宰治的父親去世後，快速家道中落。太宰治生平最容易讓人留下印象的，是他和女人的關係，其次應該是他和死亡的關係。他一輩子自殺過五次，其中有三次是連同女人一起自殺的。這三個前後和他一起自殺的女人，有兩個死了。一個是最後和他一起死去的；一個是和他一起死卻又一起活過來；還有一個是一起去自殺，女人死了，太宰治卻自己活回來。

一般的說法是他「三度殉情、五度自殺」，一看就知道他的女性情緣複雜且不尋常。另外相關的介紹內容包括了他的「無賴」態度，他頹廢、藥物中毒等等。而這些生活上的扭曲狀況，都可以在《人間失格》小說中找到相應的情節描述。

換句話說，《人間失格》這部小說似乎帶有高度的自傳性，總結包納了太宰治的一生。他的生活以及他的思考與文學風格，無賴、頹廢的特色，都反映在《人間失格》書中。基本上他藉著《人間失格》取得了和其他作家都不一樣的強烈個性，刻烙在文學史上。不過倒過來看，太宰治生命當中如果有不符合《人間失格》所展現的無賴、頹廢形象的，通常就被視為不重要，被放到一邊不提、不強調了。以至於大家就認定他是個無賴派的頹廢文人，關注的都是他如何對待女人，如何輕薄生命。

《人間失格》取得的重要性，也和出版時間有關。太宰治活不到四十歲，他的創作生涯不可能有多長。一九〇九年出生，後來誤打誤撞去念了東京大學的法文系，卻從來沒有將法文學好。前面提到了他的作品得到第一屆「芥川賞」提名，卻沒有得獎。評審會議上明白反對太宰治的，是川端康成。看到了評審紀錄後，太宰治很不甘心地在《文藝通信》上寫了一篇指名給川端康成的公開信，指控他和評審根本沒有讀懂作品。當年「芥川賞」有五百圓的獎金，對於陷入生活困頓，需要買藥的太宰治來說，是一筆急需的大錢，所以他會對落選產生那麼激烈的反應。

這個事件讓太宰治在文壇聲名大噪，也開啟了他的創作熱潮。從一九三五年到他去世，一共十三年間，他寫出了大約三十本長短篇小說，如此豐沛的創造力，和夏目漱石相等，都是在有限的時間中完成了數量驚人、內容又帶有多樣原創性的小說作品。《人間失格》是如此大量寫作過程中的最後一部成果，也是他生命最後階段寫出的作品。

在這方面，可以將太宰治和芥川龍之介作比較。芥川龍之介自殺前一年間，是他作品最多又最傑出的一段時期。他寫了〈呆瓜的一生〉，寫了〈齒輪〉和〈西方的人〉，每一篇都是前所未見的形式與內容突破。

〈呆瓜的一生〉從尼采的《瞧，這個人》得到刺激、啟發，以短小尖銳的筆記來檢視、回顧自己的一生。〈齒輪〉換了完全不同的方式，透過非理性的夢幻筆法，囈語般地重看一番自己的人生，讓現實和過往迷濛雜混。〈西方的人〉則取材耶穌基督的故事，用來和自己在日本的生活交映比對。

另外還創造出了〈河童〉的幻想世界，帶領讀者進入那個異質時空，逼迫我們在他的想像力中去對照反省現實生活中的種種庸俗荒謬。

很明顯的，芥川龍之介此時進入了一種精神亢奮以至恍惚的狀態，也正是這種和現實脫節的精神狀態引領他走上自殺身亡的路途。要追索、了解他生命的終結，他為什麼自殺，這幾部作品提供了令人怵目驚心的證據。

不過儘管最後一年的作品如此燦爛輝煌，人們並沒有完全依賴這些作品記憶、評價芥川龍之介。他早期寫下的〈羅生門〉、〈竹藪中〉因為黑澤明的電影而受到重視、重讀，還有〈山藥粥〉、〈鼻子〉等小品也都在日本文學中得到了經典地位。

也就是說，芥川龍之介沒有被當成了一位「瘋狂作家」，他最後一年的狂放作品沒有被當作是他的代表，以至於讓人一想起芥川龍之介，腦中就浮現出一個瘋狂幻想、瘋狂寫作的形象。他不是一個單純的悲劇形象，更沒有因為〈西方的人〉而被當作是一個偏執的宗教狂熱者。他有一個比較廣泛、比較全面的作家身分。

對比之下，太宰治人生最後時刻的作品，例如《人間失格》並沒有像芥川龍之介的終局之作那麼輝煌驚人，但後世卻都幾乎只透過《人間失格》來認識、來定義太宰治。這是他的不幸，其實作為一個小說家，太宰治不只是《人間失格》的作者，他的才氣與他的成就，不僅限於寫出《人間失格》而已。

這是真的——《人間失格》

發生芥川賞騷動後，太宰治寫過一部短篇集《晚年》，那一年其實他才二十七歲，卻就能以超脫的想像力，寫成這樣一部作品。對讀《晚年》和《人間失格》，我們甚至很難相信這是出自於同一個作家的手筆。

太宰治寫過很多不一樣的作品，不只《人間失格》，而且和《人間失格》有著很不一樣的風格。例如他寫過一些帶有芥川龍之介風的「怪談」小說，台灣翻譯出版過一本《葉櫻與魔笛》，裡面收錄的小說顯然受到芥川龍之介強烈影響。

因而以《人間失格》來代表太宰治，是一項偶然被固定下來的偏見，窄化了他的文學成就，不只讓我們忽略了其他不同面向的作品，而且製造出對於他這個作者極度不精確的認知。在我的主觀判斷中，有五到十部太宰治作品可以和《人間失格》等量齊觀，甚至超越《人間失格》。

但寫完《人間失格》之後，太宰治在第五次自殺嘗試中死了，他的最後作品並不像芥川龍之介的〈齒輪〉或〈呆瓜的一生〉那樣狂亂暗晦，而是在其中將一個「無賴」、「廢人」的一生描述得清清楚楚，於是愈來愈多人將《人間失格》視為太宰治的死前告白之書，很自然地透過《人間失格》認識、認定他是一個什麼樣的人，他為什麼自殺。

這份認定很關鍵。張愛玲有一段經常被引用的名言：

> 於千萬人之中遇見你所要遇見的人，於千萬年之中，時間的無涯的荒野裡，沒有早一步，也沒有晚一步，剛巧趕上了，那也沒有別的話可說，惟有輕輕地問一聲：「噢，你也在這裡嗎？」

那段文字出自於標題為〈愛〉的散文。而這篇文章的開頭，第一句話，是「這是真的。」

劈頭先寫只有四個字的第一段：「這是真的」，然後張愛玲在第二段描述十五歲的女孩在鄉下，春天日子裡在戶外遇到了一個男孩，這男孩看著她，說了一句：「噢，你也在這裡。」接著第三段時間快轉到女孩被賣進大戶人家當妾，輾轉流離有很坎坷的身世，等到她年紀大了，就是那個春天、那個男孩、那句話讓她經常想起，難以忘懷。然後第四段，就是前面引用的那段名言。到這裡，文章結束了。

我看過有人將第一段「這是真的」四個字解釋成張愛玲強調文章裡刻畫的感情是真的。唉，當然不是，怎麼會誤解張愛玲的意思以及她的行文策略到這種程度呢？張愛玲在另一篇散文中說過，寫小說會遇到的一份困難，雖然自己覺得將情節寫得如此動人，總是沒有把握讀者會被打動感動。在懷疑中而產生一份衝動，很想加上說明，向讀者強調：「這是真的！」意思是：這不是我虛構想像編出來的，在人世間真的發生過這樣的事。

為什麼會想加那麼一句話？因為張愛玲了解，讀者的閱讀假設、閱讀態度必定影響作品能產生的心理作用。我們預期讀到的是真實的事時，會更容易被打動。

是散文還是小說？

台灣文學界到現在還常常糾結於散文和小說的界線，還有很多人試圖去區分一篇作品到底是小說還是散文，以為我們能夠從一篇作品的寫法、內容來決定那到底是散文還是小說。

回歸到文學的本質上，散文和小說的根本差異不在形式、內容上，而在於讀者，反而是從對於讀者態度的假想，才衍生出散文與小說不同的寫法。在讀者和作者間有著一份閱讀指引的默契：讀散文的時候，讀者預期作者給予的，是真實的經驗、思想與感受，就是作者自身有過的經驗、思想與感受。對比的，讀小說時，讀者假定、讀者接受作品裡有虛構的角色、虛構的經驗、虛構的情節與對話，那是來自於作者的想像的。

如果讀者預期自己讀的是散文，卻讀到了他認為不合理，在現實上不應該會發生的事，或不可能發生在作者身上的事，會讓他產生了一種遭到背叛的不舒服、甚至憤怒的感覺。但完全一樣的內容，放在他認定的小說作品中，可能就一點都不會干擾他，很可以順著入戲一直讀下去。

也就是：有很多作品，完全同樣的內容可以是散文，也可以是小說。根本無法從作品本身來判斷，而是從讀者的態度，通通看作是事實陳述，那是散文；當作有來自作者想像虛構成分，那是小說。當作散文和當作小說來讀，閱讀反應會很一樣。閱讀小說會有遠為寬鬆的反應模式，沒有那麼真實的情節也能讓人笑讓人哭，誇張戲劇性的急驟變化也不會引起懷疑與反感。

對許多日本讀者來說，太宰治死了之後，《人間失格》不再是單純的小說，而具備了比較接近散文的真實人生紀錄性質，因而帶來了強烈的衝擊。「這是真的」的假想先入為主進入讀者心中，將小說內容和太宰治最終自殺身亡的事實密切結合在一起。《人間失格》中所呈現的那個人，被理所當然視為真實的太宰治，於是太宰治其他作品中如果有著和《人間失格》不一樣或相反的人生經驗、樣貌，就被當作是偶然的、邊緣的、不重要的了。

《人間失格》不只成了太宰治的代表作，甚至倒過來代表了、定義了太宰治這個作者。讀者將這本書的內容當成了人間真實的頹廢寫照，並在其中受到情感體驗上的強烈異質撞擊。

普拉絲的《瓶中美人》

文學史上有許多類似的例子。

例如雪維亞．普拉絲（Sylvia Plath）在三十一歲自殺前，寫了一本 *The Bell Jar*，中文翻譯作《瓶中美人》。雪維亞．普拉絲是一位傑出的英國詩人，嫁給了另一位傑出的詩人泰德・休斯（Ted Hughes）。而她會選擇在那麼年輕的時候就自殺離世，和她的精神問題有直接關係，但在那個時代的社會眼光中，更認為和失敗的婚姻，泰德・休斯的外遇有關。

普拉絲自殺之後，泰德・休斯和介入他們婚姻的那個女人，就背負了害死普拉絲的罪名。那個女人後來和泰德・休斯在一起，生了一個小孩，但很可能如此千夫所指的生活，那樣罪咎的過去太沉重了吧，她後來也自殺了，還一併將小孩帶走。

泰德・休斯詩寫得很好，然而年輕時讀他的詩，這些悲劇事件總是陰魂不散盤旋著，不自主地在詩句中似乎讀到了他的罪惡、他的痛苦、他的懺悔或執迷不悟，無法和他奇特的人生經驗脫離開來。

普拉絲的悲劇，一部分來自於她知道泰德・休斯的詩寫得多好。她欣賞他，甚至崇拜他，但普拉絲自身也是具備強烈衝動與極高品味的詩人，和泰德・休斯之間又會有微妙、緊張的競爭關係，這樣兩個人要作夫妻、要過日常生活真是太大的挑戰了。

至少普拉絲通不過這樣的挑戰。她一直感覺到自己無法好好和丈夫相處，產生了高度不安全感，很害怕丈夫會到別的女人那裡尋求安定安慰，而愈是害怕就愈是讓她和丈夫難以相處，形成了自我毀滅的惡性循環。

她還有另一份更難解決的矛盾心結。她既希望自己的丈夫泰德·休斯寫出精采的詩作，可是當她真的看到泰德·休斯有精采的詩句，尤其是那種她覺得自己同樣作為一個詩人絕對寫不出來的作品時，對她來說，陰暗地構成了另一種背叛。提醒了她，泰德·休斯是一個比她更好的詩人，和泰德·休斯相比，她還能、還要繼續堅持做一個詩人嗎？自己的丈夫似乎在殘酷地嘲諷、質疑她最在乎的生命追求。

在那樣的複雜情緒困擾中，普拉絲寫了《瓶中美人》。書中動用了她二十歲時去紐約時尚雜誌社當了一個月實習生的真實經驗。就是待在紐約的最後幾天，她突然面臨精神崩潰，那個狀況來得又急又凶，她無法睡覺、無法正常進食，處在高度恐慌中。

恐慌的來源是她一直擔心在雜誌社裡被認為沒有寫出好文章的能力。為了精進自己的寫作能力，她去申請了一個暑期寫作班，沒想到竟然沒能進得去。連一個暑期寫作班都不收她，徹底毀滅了她的自信，使得她精神瓦解，人生中第一次嘗試自殺。

普拉絲在《瓶中美人》書中寫了二十歲第一次自殺的事，寫完沒多久她就進行了人生最後一次自殺嘗試而死去了。因而這本書也就被視為她的自殺告白之書，讀者會特別在書中讀到她的種種掙扎乃至求救，我們很難單純地將《瓶中美人》當作一本小說，連結了普拉絲後來的自殺，這本書像是她試圖要藉由書寫來解救自己的努力，而終究失敗了，以至於讓我們讀來處處心驚膽顫。

《人間失格》也是如此。書中寫了兩份掙扎：一是小說中的主角努力想拯救自己，找到、找回繼續活下去的「人間資格」，卻一次又一次失敗了；二是作者本身在對自己、對外界發出這樣的痛苦訊息：如果再找不到可以解決的方式，我會死。寫作是他的尋覓形式，但我們讀到《人間失格》時已經太遲了，結果已經形成，我們知道他失敗了。

讀者無法單純將《人間失格》視為小說，閱讀間那四個字會不斷浮現在心中——這是真的。

邱妙津的《蒙馬特遺書》

另外一個例子，是邱妙津的《蒙馬特遺書》。

如果你現在活得好好的，覺得自己很幸福，那也許就先不要去讀《蒙馬特遺書》；如果你對於人怎麼活著，為什麼能夠一直活下去不曾有過絲毫的懷疑，那你應該一輩子都不需要去讀《蒙馬特遺書》。

讀《蒙馬特遺書》和讀《瓶中美人》，都很殘酷，逼著自己目睹一個生命如何走上了絕路。《蒙馬特遺書》甚至連書名上都用了「遺書」兩個字，看起來是比《瓶中美人》更直接的自殺之書。然而必須要強調——《蒙馬特遺書》絕對不只是一本「自殺之書」，就像《人間失格》不應該被單純看做一本「自殺之書」。

邱妙津出版的第一本書，短篇小說集《鬼的狂歡》，我是最早的讀者，應該也是第一個寫書評的。她大學畢業後的第一份工作，是到《新新聞》週刊當記者，因為有著寫小說的資歷，就被總編輯王健壯交代了一個採訪題目，去訪問當時出版了具備有明確政治、社會思想意圖的新一代小說作者，那時我剛出版了長篇小說《大愛》，所以邱妙津就打了長途電話到美國給我，採訪兼聊天談了好多次。

邱妙津是個極度熱情，也因而在感情上極度剛烈的人。她最後是用魚刀刺入自己的心臟結束了生命，這樣的方式太宰治或普拉絲應該都不敢嘗試吧。因為她在巴黎如此走完了人生之路，所以留下來的《蒙馬特遺書》自然地被當作就是她真正的「遺書」。

但這樣的看法不完全對，至少不應該那麼理所當然。首先，《蒙馬特遺書》是一部完整的作品，絕對不是在狂亂激動的情況下結束的。書的開頭，是很冷靜的給讀者的提醒：「若此書有機會出版，讀到此書的人可由任何一書讀起，它們之間沒有必然的連貫性，除了書寫時間的連貫之外。」

接著是仔細選擇過的中法文對照引文，中文是邱妙津自己翻譯的：

> 從前的年輕時代之於她如此陌生彷彿一場生命的宿疾，她一點一點地被顯示且發現，即使沒有幸福，人仍能生存；取消幸福的同時，她已遇見一大群人們，是她從前看不到的；他們活著如同一個人以堅忍不懈……

書的主體是二十封信，寫給兩個對象，一個是小說中稱為「小詠」的密友，另一個是「我」當時狂暴地愛戀著的女友「絮」。「絮」是她深愛卻又無法得到的欲望所繫，普拉絲式的那種困境，她愈是愛就愈狂暴要予以確定，卻反而使得對方遠離，愈遠離她就變得愈狂暴。而她有一份自覺理解這樣的惡性循環，卻沒有能力改變。

小詠是「我」的寄託，一份很不一樣的情感。「我」抱持著強烈到自己無法控制，自己都會害怕的感情，將感情過程寫在書信中，實質上在向自己求救，要求自己醒過來。當然她的求救失敗了，留下這樣一本往往被視為「遺書小說」，但事實上不是死前一時衝動寫下的「遺書」，又不完全是虛構小說，很獨特的一部作品。

閱讀一個人的「自殺之書」

《人間失格》也是這樣的作品，在當時受到了聚焦注意，進而成了經典，定義了太宰治和他的文學，主要就是許多人在閱讀中聯想起太宰治的真實人生，因而讀得背脊發涼，甚至出了一身冷汗。

一般正常的關係中，作者和讀者間夾著作品，作者透過作品接觸讀者，讀者也透過作品理解作者。然而閱讀像《蒙馬特遺書》或《人間失格》這種作品時，讀者除了原本這條透過作品和作者的聯繫之外，無可避免好奇地產生了另一條聯繫，那是跳過了作品，直接意識到、感受到作者這個人，意識、感受他真正與死亡掙扎而最終失敗的事件。讀者無法再單純直面作品，從作品中獲取作者提供的訊息，而必然同時浮現、感知這樣一部或暴烈、或頹廢的作品，在死亡前的獨特存在方式。

小說吸引讀者的一個理由，在於其中所提供的異質性經驗。幹嘛讀《哈利波特》？明知道不會有人騎著掃把在空中飛來飛去打魁地奇球，我們卻被深深吸引，看得很高興。那是因為小說提供了something I'm not，或者something I haven't been，或者something I can not be。很多時候，讀小說最大的樂趣在這裡，如果沒有享受過這種超越自我經驗、擴大自我體會的樂趣，很可惜。

然而被視為「自殺之書」、被視為真實遺言的《蒙馬特遺書》或《人間失格》不可能用這種方式享受，而必然帶著雙重的道德疑惑。我們如此跟隨、目睹了一個活生生的人，在生命中沉溺、掙扎，閱讀中我們被感染、感動了，卻同時確知：我幫不了他，即使我清楚地接收到其中的求救呼聲，或是正因為我清楚地接收到其中的求救呼聲，所以會痛心於我什麼都做不了，那悲劇的結局已定，來不及改變了。

我們看著這份紀錄在時間中展開的過程，但又知道作者已經穿越終點了。我們如何坦然接受，而只是將這本書視為一部小說讀過去？我們可以只領受、思考這小說內容和我自己的生活會有什麼關係，給了我什麼啟示，而不會生出強烈的矛盾絕望欲望：應該要去救這個敘述者和他背後真實的作者，即使從一開始就知道沒有任何的機會？

從這裡引發了一種奇特的絕望，和我們閱讀其他作品、其他作者或真實或虛構的生命經驗很不一樣的感受。

還有另一項道德上的考驗，是我們應該、我們可以享受閱讀這種小說嗎？用欣賞、享受的心情閱讀一個人的「自殺之書」，看著他一路走到死亡的另一邊去，不太對勁吧？

看到《人間失格》裡寫到「我」答應要戒酒，卻又開始喝酒時，我們無法只是接受這是小說中一個意志力薄弱的角色，相應產生我們對他的看法，厭惡他或同情他。我們明明知道他又喪失了一次自救的機會，因而逼著他朝向自殺更近了一步，在這種閱讀經驗中，文本和讀者的距離要更接近、也更難拿捏得多了。

像是讀川端康成的《雪國》，小說最後葉子從著火的樓上掉了下來，那就是一個角色的結局，雖然小說中我們也是一路看著葉子陷入愈來愈沒有出路的困境中，最終走向死亡，我們會心驚、會感動，可是不會有罪惡感。將《人間失格》視為「自殺之書」閱讀過程中，我們卻應該有救不了這個真實的人的強烈歉疚。那不是來自文本本身，而是從文本和我們改變了的關係中產生的。

那能稱之為「殉情」嗎？

在《人間失格》中，太宰治鮮活地寫出了一個廢人，從一開始便「失格」，陷入對於自己作為人的資格深切懷疑中，從沒落的豪族後裔出身，和家庭、女人發生重重讓他持續淪喪的關係，到除了死亡沒有其他出路。

這樣一個「廢人故事」之所以如此絕望，因為小說中沒有任何真正的愛情。這個人在人間「失格」，自覺「失格」卻找不到救贖，因為他無能去愛，沒有辦法真心愛任何人。

在這點上，應該對照讀太宰治的另一部作品《斜陽》。那部小說中從姊姊的觀點描寫「弟弟」，也就是作者太宰治的化身。《斜陽》裡的弟弟和《人間失格》裡的「我」都徹底失去了去愛人的能力。然而這樣的特質引發了從小說情節到自傳性真實生命經驗上的疑問：如果不能愛、不愛，為什麼會找了女人去殉情，或接受女人的召請一起自殺呢？

我們一般理解的殉情是什麼？殉情的動機不是最深刻的愛情，以至於使得兩個人如果被現實拘執，無法能夠在人間關係上共同生活，那就寧可不要活下去嗎？愛情比生命更重要。如果用這種認知去讀太宰治小說中的鋪陳，那很不對勁。

《斜陽》中記錄的第一次殉情事件，和太宰治真實人生的經驗很類似。他遇到了這個女人，和她同居了三天，就決定一起去死。首先，三天的時間能讓兩個人產生多濃多深的感情？其次，並沒有什麼了不起的、難以解決的問題阻擾他們完成對於愛情的期待，讓他們不能繼續這樣一起生活下去啊？

在通俗劇中呈現的殉情故事，要讓觀眾看得一把鼻涕一把眼淚的，一定要有可怕霸道的父母，龐大的債務與可怕的黑道逼債者，不然就是近乎將女人當作奴隸的強勢丈夫，那樣難以克服的外在阻礙特別被凸顯出來。這些在太宰治的小說中都付諸闕如，對比下，我們不能將殉情自殺理所當然看待，必須更認真地去思考那究竟是什麼樣的心情下的什麼樣的決定。

人要放棄自己的生命走向死亡，這是我們都會覺得很嚴重、很極端的選擇。所以兩個人一起去死，我們自然認定兩個人之間存在著讓他們活不下去的強烈理由，因為我們絕對肯定生而否定死。活下去是必然必要的，人竟然會要放棄活下去，當然要有極度強烈的理由。那理由如果是愛情，就構成了殉情。

但用這樣的假設來解讀《人間失格》卻是走不通的。如果你能用這樣的假設還讀完了《人間失格》，我只能說你一定沒有認真動用思考與感情在讀書，你沒有真正進入這本小說所創造出的世界裡。

怎麼可能在閱讀過程中，不產生動搖原本假定的懷疑或疑問？這是「自殺之書」嗎？到底自殺是怎麼一回事？書中描述的算是「殉情」嗎？如果不是那又是什麼呢？

日語中的「人間」

之所以要讀經典，其中一個理由是因為我們活在相對比較單調、無聊的社會裡，和之前所留下來的歷史、文化經驗相比，包圍我們的現實極為狹隘、有限。

關於作為人而活著是怎麼一回事？人為什麼活著？更進一步去探測、想像死亡的意義，我們的社會沒有太多理解與想像。大家一般都覺得自己活得好好的，不需要自尋煩惱去想這些問題，然而這樣的社會存在著一種潛伏的危機，那就是對於無法適應如此理所當然生活方式的人，那會是一個人間地獄，因為這個社會沒有足夠的多元寬廣空間可以容納他們。

正因為經典來自不同的時代，會展現不同於我們這個時代、這個社會的複雜視野，藉由閱讀經典我們得以有機會打開對這些根本問題的態度，你會覺得人不必然要用一定的方式活著，如果有人不是這樣活著，也應該尊重他們的選擇。

太宰治的經典小說，書名是《人間失格》，中文譯本一般都直接沿用這四個漢字。然而這四個字在中文裡傳達的意思，給中文讀者的聯想，和日文讀者會有一些差距。最簡單卻也最麻煩的，是「人間」這個詞。

記得《庭院深深》主題曲裡的歌詞：「天上人間，可能再聚？聽那杜鵑，在林中輕啼，不如歸去，不如歸去……」「人間」是對「天上」的，凸顯的是現實塵世。幾年前，台灣基測出過一個作文題目，叫做「人間愉快」，應該是出身中文系的老師，也許是曾永義教授的學生，對曾永義寫的一篇文章「愉快人間」印象深刻，就改動挪用來當考試題目。但從中文意義上看，要十五歲的小孩做這樣的題目，簡直莫名其妙。曾永義的文章要強調的，是活在「人間」有許多愉快，夠充實夠豐富了，所以不必去羨慕「天上」，不必想像死後另外一個理想世界，有「人間」，能夠體會「人間」之至樂，可以不需要天堂。

十五歲的孩子哪會有這種想法？讓十五歲的青春年紀去比較「人間」和「天上」哪個比較快樂有道理嗎？百分之九十九學生的作文裡，只會寫自己生活中的種種「愉快」，那就是「愉快」，和題目中的「人間」無關了，題目才四個字，裡面有兩個字是多餘無用的，真不知這樣的題目是在什麼樣的中文理解中想出來的？

誰最常用「人間」，而且用得有道理、有必要？那是星雲法師，他的信仰教義上特別強調「人間佛教」，表示佛光山不是我們一般想像的那種隱居出世，「不食人間煙火」

的宗教組織，佛光山要介入現實，在現實中提供佛法作用，在「人間」條件下實踐佛法。

但日文裡的にんげん不等於中文的「人間」。にんげん最簡單、最廣泛的意思就是「人」，複雜一點、深刻一點的指涉是人的生活、人的現象，或人之所以為人的抽象道理。

所謂的人間「失格」？

另外「失格」兩個字，也不完全等於「失去資格」。《人間失格》小說從三張照片開始，第一張照片裡是一個小孩，他的臉給人一種莫名陰森的感覺，有著微笑的模樣，卻握緊了拳頭，以至於讓人無法感受他的笑意。沒有人能夠一面握拳一面笑吧？因而那看起來不像人，而像是猴子的笑臉。

從這個開頭我們能夠體會，小說要描述的，不是「失去資格」，毋寧是更普遍的「不具備資格」，一種沒有資格作為人活著的生命。重點不在於後來發生了什麼事使得這個人失去人的性質、人的資格，而是他內在的一份深刻、排解不了的懷疑，懷疑自己可以作為一個人活著。

在「第一手記」中，他說：

> 對於人類，我始終心懷恐懼，膽顫心驚。而對於自己身為人類一員的言行，我更是毫無自信。總是將自己的煩惱埋藏心中，一味掩飾我的憂鬱和敏感，偽裝出一副天真無邪的樂天模樣，逐漸將自己塑造成一個搞笑的怪人。

這段話裡，中文譯作「人類」的，日文中都是「人間」（にんげん）。集體的人，抽象的人的條件。人對他來說，是一種可怕的動物，他無法理解人如何能忍受痛苦的生活而持續活著；另外他永遠猜不出來人在想什麼，用什麼樣的方式感受這個世界。人對他來說，如此陌生，如此難以捉摸，所以他只好選擇搞笑，盡量去討好每一個人。

小說要表現的，不是這個主角失去了作為人而活著的資格，因而想要去死，描述他如何失去了作為一個人的資格。如果從這個角度看，我們會注意到的是他酗酒、花錢、過著頹廢的生活，認為那就是太宰治小說中的「無賴」性質，甚至認定那就是他身為「無賴作家」的特性。

「失格」有更深沉的疑惑，那是真切的存在之謎——人如何取得了活著的資格？にんげん用在這裡指的是「活著」、「以人的方式活著」，別人出生了就在這個狀態中，視之為理所當然，而太宰治之所以要寫《人間失格》，正是因為本質上不能無疑，從來沒辦法安心接受這件事。

用對的方式讀《人間失格》，我們會被太宰治逼著去認知、思考包圍他的巨大日本傳統中對於生與死的複雜辯證，那比我們今天在台灣習慣能碰觸的要豐富也要糾結得多了。

生與死

小說的「第二手記」中記錄遇到了一個叫つねこ（常子或恆子）的女人，她是一個詐欺犯的妻子，因為丈夫不良而去店裡陪酒為生。

「我」和朋友竹一一起去店裡，一度「我」擔心會目睹竹一對陪酒女子胡亂來，然而那女人是連竹一都嫌棄，想到要占她便宜、親吻她都會生出抗拒之感來。「我」後來和這個如此窮困潦倒的女人過了一夜，很快地就接受了つねこ的提議：一起去死吧！當天晚上，他們在鐮倉跳海自殺，兩個人用つねこ的衣帶綁在一起，不過衣帶後來鬆開了，所以つねこ淹死了，「我」卻本能地游回岸上活了下來。

單純作為小說情節，我們會覺得很不可信。從外表來看，這叫作「殉情」，但我們認知的「殉情」不是應該發生在兩個深愛彼此的情人之間，卻被世間的強大力量、他們無法克服的力量阻撓了無法在一起，所以相約去自殺，以期在想像的另一個世界中能夠完成愛情的夢想？

小說中這兩個人，被什麼強大力量阻撓而無法在一起嗎？更奇怪的是，這兩個人有那麼深、深到生死與之的感情嗎？至少從小說的描述上來看，つねこ提出一起去死時，兩個人其實互相認識還不是很深吧？

但我們又知道，這並不單純是虛構想像的。太宰治一生自殺五次，有三次是和別人約好一起的。我們不得不問：人可以那麼容易去死嗎？只在一起過兩次的男女相約一起去死，那是什麼樣的死亡意念？

如果男女一起自殺就是殉情，這種「情」的性質是什麼，到達生死與共的感情基礎又是什麼呢？這是我們想像、理解的「殉情」嗎？

海明威的成名作，一九二五年出版的短篇小說集《我們的時代》中，第二篇小說描述了小男孩尼克和當醫生的父親去印地安保留區救治一位難產的孕婦，父親進入帳篷裡，女人的丈夫坐在帳篷外。情況危急，父親只好在設備不足的條件下緊急為孕婦剖腹，那當然很痛，女人叫得很淒厲，折騰了一整夜。

好不容易讓女人肚裡的胎兒生出來，將母子從鬼門關救了回來，走出來卻發現帳篷外的丈夫死了。他受不了那樣的等待折磨，受不了可能失去妻子與未出生的小孩，就自殺了。

小說結尾處，父親帶著尼克划船回來，尼克表達了最深刻的困惑，問父親：「Is dying hard, Dad?」死很難嗎？還是人很容易就死了呢？父親的回答很簡單，卻很真誠：「Maybe, it depends, it depends.」也許滿難的，但又不一定，要看當時的狀況，生死不是我們以為的那樣有一定答案的事。

海明威要提醒我們的是：不論你認為一個人會在什麼情境或條件下活著或去死，都不會是對的。這沒有答案，人可能進進出出鬼門關好幾次都還是繼續活著，卻也可能突然為了最微不足道的理由，以無法預期的方式就死了。看那個難產的女人，死亡比我們想像的艱難得多；看那個原本沒事只是坐在帳篷外的男人，死亡卻又可以簡單到那樣的程度。

刻板印象中認為女人是脆弱的，男人比較堅強，但面對死亡時，一個女人撐下來了，掙扎要回了自己的生命，一個男人卻連等妻子手術的結果都做不到，受不了就死了。

男人死得很突然，我們會很驚訝，但不是不能理解。在一個奇特、突如其來的激烈、戲劇性痛苦中，人會承受不了痛苦，寧願終止生命來停息痛苦。人要活著或要死去，其實我們知道，有太多變數與無法掌控的可能了。

人為什麼會自殺？

自殺是個謎。人為什麼會自殺？如果在人的身體裡有一種會自殺的基因，照道理說這種導致個體死亡的基因自身會滅絕。具備自殺基因的人都死了，在繁衍的優勢上一定遠遠不如沒有自殺基因的人，沒有多久自殺基因不就失去了遺傳子嗣而絕跡了嗎？

這就是為什麼其他的生物依照本能不會自殺。那所以自殺是違背本能的行為？人如何取得了這種違背本能的行為動機？還有，自殺只牽涉到個體本身，自己殺了自己，和其他人都無涉，但為什麼遇到有人自殺，會給其他人帶來極大的衝擊，而不是大家冷漠地感覺：「那是他自己的事，與我無干」？

不只是感到震撼，而且震撼中明顯帶著疑懼：害怕我們的內在有什麼樣的力量，無法捉摸、無法理解，會在無法預期、無法掌控的時刻，突然攫抓住我們，讓我們同樣瘋狂地終結了平常如此珍視、看重的生命。

社會學家涂爾幹寫了名著《自殺論》，正因為他具備將自殺從個人層次拉到集體、社會層次解釋的洞見。涂爾幹開啟了從社會學角度研究自殺的途徑，後來又有從心理學、精神分析乃至於演化論等不同角度的探究。然而一直到現在，自殺仍然是人類行為上的謎，而且是一個無法擱置不理的謎，會不斷地以各種方式衝擊我們，要逃避自殺帶來的衝擊，往往和試圖理解自殺同樣耗費心力。

從歷史的角度看，中國在對待自殺一事上，很明顯地從戰國到漢朝，有了突兀絕然的轉折變化，可以說是從「賴活不如好死」一百八十度轉成了「好死不如賴活」。後來的中國傳統不但要盡量「賴活」下去，盡量避免死亡，甚至認定死亡只有一種對的形式，那就是躺在自己家中「壽終正寢」。傳統習俗中對於「凶死」，不是在床上病死的人，有各種禁忌，有時甚至連屍體要回家進門都不行。而一直到今天，台灣都還有很多人無法接受親人在醫院裡去世，一定要在最後斷氣前先搶時間接回家。

人唯一對的、可以接受的死法，是壽終正寢——這樣的文化、這樣的社會必定高度敵視自殺。延伸涂爾幹的社會學分析，中國的緊密人際連結形式，創造了自殺率甚低的社會環境。因而「文化大革命」中那麼多人自殺，在中國歷史上真是驚天動地的大變化、大騷動。

明明是一個有著種種機制防堵、阻止自殺動機與行為的文明，為何還有那麼多人自殺？我在美國念書時，上過人類學家凱博文（Arthur Kleinman）的課，他受過完整的心理學與精神醫學訓練，在七〇年代後期，「文革」剛結束時到中國大陸進行田野調查，研究看待精神疾病的文化差異現象。那是一個近乎陷入集體瘋狂狀態的奇特狀況。

不過在中國歷史上，春秋戰國有著和後來完全不同的自殺態度。孔子說：「朝聞道，夕死可矣。」不完全是誇張的形容，部分反映了那個時代的生死觀——有很多比單純只是活著更重要的事，活著不是絕對的首要考量、首要選擇。

對「自殺」的看法

《左傳》裡有鉏麑的故事。晉靈公時晉國國政落入世卿趙盾手中，對國君行為多所牽制，晉靈公受不了，就派身邊的一位「力士」鉏麑去暗殺趙盾。鉏麑在深夜凌晨，預計人們都熟睡時執行任務，卻發現趙盾家中已有燈火，趙盾全身正裝，坐在點了燈的廳堂上打盹。鉏麑先是嚇了一跳，繼而領悟到，趙盾擔心上朝遲到，所以寧可提早起身做好準備，等時間到就可以準時出門。趙盾是如此敬業尊重自己的朝政工作。

鉏麑深受感動。這是個認真的世卿啊，如果殺了這個人，豈不就失去了一個好好理民的大臣？但另一邊，如果不動手，就違背了國君的命令，也輕忽了自己的職責。兩相權衡，不能殺也不能不殺，於是依照《左傳》的紀錄，鉏麑當場「觸槐而死」，朝趙家門口的大槐樹一頭撞過去自殺了。

在更有名的「趙氏孤兒」故事中，趙盾終究還是被整肅，要夷滅全族，只在偶然的機會中留下了一個遺腹子，於是家臣程嬰和杵臼想辦法要保護趙氏孤兒。一個人帶著假的嬰孩故意被抓，讓對頭以為已經除掉了趙氏孤兒，另一個人則負責將真正的趙氏孤兒養大，圖謀報仇。故事中最關鍵的對話，是杵臼問程嬰：「去死和將孤兒養大，哪一件比較難？」程嬰說：「養大孤兒比較難吧！」杵臼就說：「就麻煩你承擔比較難的，容易的我來做。」所以杵臼就帶著假冒的嬰兒一起被殺了。

然而將孤兒撫養長大，完成了復仇及恢復趙家地位的使命之後，程嬰也選擇了自殺。他的理由是作為家臣，主子死去時就該同命自殺，他已經多拖多活了很久，而且杵臼走在前面也等他很久了。

春秋戰國還有很多類似的自殺故事，這些人都不認為活下去是最重要的，他們的生命中有很多原則、堅持、信念比活著更重要，只有透過自殺死去才能彰顯、才能完成。不過從漢代以下，這種態度基本上從中國社會消失了，生與死的價值被層層觀念與行為緊密包裹著，認定「賴活」才是最正確的選擇。這個社會反對自殺、害怕有人自殺使得人倫秩序產生騷動。

在西方基督教傳統中也有這種反對自殺的強烈觀念。自殺的基督徒是不能葬入教會教堂的墓園裡的。有一部雷利．史考特導演的電影叫《王者天下》，開頭就顯現了那樣的文化態度。

電影開場，連恩．尼遜演的父親騎著馬從耶路撒冷回到法國，在找他的兒子。經過了一個農村，遇到有葬禮，來了一位主持葬禮的教士，他指著棺材中躺著的少婦屍體，吩咐必須將她的頭和身體分開埋葬——因為她是自殺而死的。

這女人才剛生了小孩，但小孩夭折了，她受不了那樣的打擊，於是自殺了。結果她的丈夫就更慘了，失去新生兒、又失去妻子，而且還要接受教士的嚴厲命令，將已死妻子的頭砍下來。

電影劇情安排了讓這個哀傷欲絕的丈夫，遇到了他一輩子沒見過的父親。父親找到了他，跟他說：「我從來沒有照顧過你，作為父親現在我唯一能做的，是邀請你參加十字軍，和我一起去聖地耶路撒冷。」他剛在憤怒中殺死了要他砍下死去妻子頭顱的教士，別無選擇，就接受了父親的提議，後來成了耶路撒冷的城主。

這是設定在十二世紀與十字軍東征有關的歷史時代，當時的確教會有著極度敵視自殺的立場，自殺的人連死後都還是要接受象徵性的懲罰。生命是上帝給予的，人沒有權利自做主張，而且自殺被認定為是逃避，如果大家都相信有可以逃避教會權威管制的方式，教會權威就維持不住了，因而必須表現出最嚴厲的反對態度。

那時候自殺者被稱為self-murderer，「謀殺了自己的人」，意謂著犯了和殺人同樣嚴重的罪，甚至比殺人還嚴重。「十誡」中的第一條就是「不可殺人」，因為生命是上帝所賦予的，來自上帝的恩賜，人沒有權利非但不感恩，還取消了自己的生命。

在但丁的《神曲》中，描述了地獄、煉獄、天堂，也就是人間以外的龐大區域，對照讓讀者理解，活人所占有的這塊空間，其實很小。書中的但丁在人生的中途迷路了，進入更廣闊的空間中，從地獄層層下降，再從煉獄層層上升，最後到達有九重之多的天堂。相對的，人間不只很小，而且沒那麼重要。

在地獄中有一個自殺者死後要去的地方。依照《神曲》的描述，自殺死後靈魂會被關在樹裡面，那是一種很可怕、會尖叫的樹。意思是作為人的外表形狀被剝奪了，而且失去了行動自由，永遠固定在同一個地方。你的靈魂必然會掙扎想要離開這終極永恆的束縛，你絕對不會、無法認命，那是懲罰的一部分，不管在那裡待了多久，你不會習慣，會一直感受到那痛苦，一直叫喊，還會有一種精靈不斷攻擊你。

松門左衛門的《曾根崎心中》

和中國或基督教的傳統相較，日本文化中對於自殺沒有那麼強烈的禁忌。傳統日本有「情死」（じょうし）的觀念，人為了深摯的感情而選擇自殺，是被認可的；到了十八世紀江戶時代，更進一步發展出「心中」（しんじゅう）的特殊名詞，來描述一套觀念與行為。

近松門左衛門出生於一六五三年，一七二四年去世，是十七、十八世紀之交的重要劇作家，被稱為「元祿三大作家」之一的大師。他創作的一齣人形淨琉璃《曾根崎心中》改變了傳統看待「情死」的態度。

簡單介紹一下什麼是「人形淨琉璃」。「淨琉璃」表示是用比較簡單的形式，接近說故事或讀劇的方式呈現的。「人形」指的是木偶，表示是以木偶或戴上木刻面具來演出的。

在日本的戲劇中有一個獨特的觀念，認為不應該讓觀眾看到演員臉上的表情，也不要辨識出演員的長相。觀眾如果看到演員的長相，認出了「這不是我們隔壁鄰居嗎？」就破壞了他們隨角色入戲的需要。還有很可能會覺得演員長的一點都不像自己心目中想像戲中角色的模樣，同樣也會產生違和感，阻礙了觀賞入戲。

由木偶來演，或讓演員戴上面具，可以解決這樣的困擾。木偶、面具是按照固定形象雕成的，觀眾一看就知道是代表哪個角色，或什麼類型的角色，避免被真人演員的不同表情分神、誤導了。

這和我們今天看戲、看劇的習慣徹底相反。現在我們辨認明星，甚至常常在討論劇情時混用演員和角色的名字，一下子是「都教授」，一下子是「金秀賢」，大家都不會有什麼疑惑。熟識的演員、明星幫助我們快速弄清楚劇中人物關係，而且不斷會有近鏡頭讓觀眾看清楚演員的表情。看劇很多時候是依靠演員的表情來引導、來決定我們的感受的。

但我們不應該忘了，還有像侯孝賢那樣拍電影的風格，刻意拉開鏡頭和人物之間的距離，遠鏡頭加上長時間不動的長鏡頭，根本看不清楚演員臉上表情，依循的就是類似日本人形淨琉璃或能劇的戲劇邏輯。離開了特定的演員、明星的演戲方式，可以避免被不到位的演出干擾，更能專注於體會劇中的對白與情境。電影雖然由演員來演，卻不會由演員的演技好壞徹底主導、左右。

《曾根崎心中》這齣戲的另一個重點在於「遊女」。日本有強大的藝妓傳統，那是將歌舞表演藝術和色情陪酒結合在一起，經過長久發展而形成的。「遊女」就是這種曖昧服務人員的統稱，在江戶時代既賣藝也賣身，帶著相當程度的狂野色情成分。

在近松門左衛門開始活躍於戲劇圈之前不久，「遊女歌舞伎」才因過於色情、狂野而遭到禁演。近松門左衛門故意挑釁「遊女」的題材，卻改用「人形淨琉璃」形式降低色情狂野性質，完成了這樣一齣轟動一時的名劇。

「情死」、「心中」、「相對死」

《曾根崎心中》這齣戲講的是一對男女殉情的故事，男主角叫德兵衛，女主角叫阿初，又稱為「遊女阿初」，也就是妓院中的妓女。「遊女阿初」雖然是妓女，卻有著清純的感情，遇到並愛上了德兵衛，兩人商量好要結婚。但德兵衛的繼母收了人家的錢，逼德兵衛要娶一個富家女為妻。德兵衛先是到處奔走借錢，好不容易收齊了一筆足可以償還的錢，卻在他要拿這筆錢去解決和富家女婚約前夕，他的好友九平次遇到了大困難，來乞求他幫助。德兵衛一時心軟，答應將那筆款項借給九平次一天去周轉，不料九平次將錢拿走後，竟然翻臉不認人。

德兵衛拿著借據去找九平次，九平次也不認帳，還罵德兵衛卑鄙，用偽造的借據要來勒索。德兵衛要不回錢，又絕對不願意履行婚約，因而只能去死，阿初選擇和他一起自殺，而有了「情死」的終局。

近松門左衛門在劇名中用了「心中」這個他自己發明的詞。「心中」來自於將「忠」字的上下兩個部分顛倒而形成的。其概念就來自於「忠」——忠誠、忠實，最重要的是忠於自己的感情，推到極致，那就是寧可為情而死，不願活著而放棄愛情。

隨著《曾根崎心中》大流行，「心中」這個詞在日本社會留傳下來，進而將「情死」和「心中」區別開來。兩個人一起去死，有時一家人一起自殺，那是「情死」，但要稱為「心中」，那就必須有更深刻、更強烈的主觀理由，表示他們是忠於感情的自主選擇。

《曾根崎心中》這齣戲在當時實在太流行了，據說連一位大儒學家荻生徂徠都喜好這齣戲到能從頭到尾背誦整齣戲。荻生徂徠是學者，而且是一位明確繼承、傳揚理學的學者，他為自己所取的名字中「徂徠」指的是中國山東的徂徠山，那是宋代理學重要開創奠基者石介當年講學的地方，石介號「徂徠先生」。《曾根崎心中》的故事，裡面所頌揚的強烈男女情感，和儒學、理學顯然有著相當差距。理學格外重視節制所有的欲望、情感，尤其對男女情欲抱持反對、壓抑態度，要人通過「禮」在行為上的規範、制約，回歸內在的、天性上的「理」。從中國來的儒學、理學照理說和《曾根崎心中》戲裡展現的衝動熱情是衝突、對反的。

荻生徂徠表現的矛盾立場，到了他的後代儒學者本居宣長而有了新的轉折、突破。轉折、突破的動力來自本居宣長花了很多時間研究《源氏物語》，他一度在家鄉松坂開課講解《源氏物語》和《平家物語》。環繞著《源氏物語》產生的核心觀念「物之哀」，就是在本居宣長的解說中浮現確立的。

本居宣長論說的「物之哀論」，一定要回到「心之中」，而人心真正的中心，在內的本質是「情」。在原來理學的「心性理氣」理論架構中，「情」是人受到外物刺激而產生的感應，擾動了「心」，使得原本純粹的「性」，因而有了不純粹的善惡分別。然而本居宣長認定：人之所以為人，也就是「人間資格」，最主要在於人有「心」，而能表現、證明「心」之存在的，是「心」發動而為「情」，但「心」要發而為「情」，必然要有外物的刺激、擾動。

也就是：在沒有受到外物刺激，完全不和外物有互動的情況下，就不是「人」的狀態。「情」有賴於與外物的相激，所以人之所以為人最核心的情況，是和世界各種不同對象所形成的關係。本居宣長將心與情放到了最關鍵的重要位置，等於是從哲學立場上替老師荻生徂徠解釋了為何如此重視《曾根崎心中》這部通俗劇作。

「物之哀」源自於人必然只能在時間中和外物產生關係，時間使得人具備之所為人的條件之際，就必然在變化裡；換另一個角度看，任何在時間之流中的「物」，成了可以刺激我們產生「情」，使我們成為人的條件——我們不可能不感受「物之哀」而還能具體作為人存在。

能作為人，因為我們和天地萬物同在時間之流中。時間之流又提供了一項外物刺激我們產生「情」的背景，讓我們和萬物同在時間中流變，讓我們得以不孤單地活著。「人間悲哀」地活著比「人間愉快」地活著有分量、有意義；人和所有一切「物之哀」的相對關係推到最極端，人到達感情的至高階段，「中心」這兩個字就會倒過來，成了「心中」。

於是從本居宣長之後，再由「情死」、「心中」發展出另一個名詞，用漢字寫作「相對死」。「相對死」是形成「心中」的必要條件，就是那個呼應、回應你的情感，和你攜手連結去死的對象。兩個人原本是相對的，兩個獨立、個別的生命，卻在共同去死的行為中取得了一種「絕對的相對性」，將兩個生命推到最接近變成只有「絕對的一」的臨界點上。而這種境界，只有在「心中」的動念與行為中能夠趨近，如果活著，兩個人必定是相對的存在，隔離的存在，不可能擺脫那樣的相對性。

櫻花精神

依照本居宣長的詮釋脈絡，我們清楚看出荻生徂徠其實有兩面——作為儒學學者的一面，以及作為近松門左衛門戲迷粉絲的一面。荻生徂徠自己沒有區分這兩面，但本居宣長卻刻意凸顯這兩面有著不同的來歷。儒學、理學來自中國，欣賞、沉迷於《曾根崎心中》的那一面卻是來自於「皇國古道」。

「皇國古道」是本居宣長的用語，特別強調其日本的本土性，和外來的儒學、理學切割開來，進一步要主張：日本人不應該是儒學理所當然的繼承者，應該回頭理解並恢復自身的「皇國古道」。

用來彰顯並示範「皇國古道」最重要的文本，當然是《源氏物語》。因而本居宣長花了很大力氣對《源氏物語》進行研究解讀，在藉由解決荻生徂徠的兩面性過程中，他實質上將「心中」抬高到「皇國古道」的核心元素，區別日本人和中國人感情結構差異的關鍵成分。

日本人、日本文化有「心中」，而中國人、中國社會裡沒有這種強烈的情感與相應的行為。於是特定的「心中」、「相對死」這種死亡的形式在日本得到了特殊的、正面的地位。自殺也因而隨著在日本價值觀中不是完全陰暗、罪惡、可怕的事，在文化與感情結構上得到了不同的安放，平衡、甚至壓過了原本對於自殺的負面態度。

從傳統美學到武士道再到日本的現代哲學，都給予櫻花格外重要的象徵地位。要了解櫻花的意義，一種方式是拿來和「椿」（ツバキ），也就是茶花對照。在日本的植物景觀中茶花和櫻花同樣普遍，兩種植物開花時間前後相接並有重疊，但在文化觀念中，兩種花大不相同，甚至可以說是截然相反。

茶花會一直結在樹上，從成苞到綻放到枯萎。京都有一個春天賞茶花的景點，很少有觀光客，因為賞茶花的時節觀光客都擠去看櫻花了，而且觀光客不會知道這裡的茶花有什麼特殊之處。在京福線上的鹿王院茶花盛開時，特別悉心處理，使得放眼望去，樹上的每朵花都是豐美的，絕對不會見到發黃變色的。茶花開放時很美，但接著會有很長時間掛在枝上逐漸枯萎，那就非但不美，而且是引人不快的景象。

茶花會公開地老去，像是苟活的老人顯露著老態，一直撐著，到最後才咚的一聲沉重落地，一點都不優雅。所以鹿王院要將稍微開始顯露枯萎現象的茶花就處理掉，才成就了那麼特別的茶花道與茶花園。

櫻花完全不同。櫻花是開到最絢麗的一刻，然後開始飄落，一瓣一瓣維持著美好的顏色隨風離枝，形成了同樣華麗的「吹雪」景象。很自然地，櫻花象徵的是那樣不要等到老去出現醜態，在年華正好時就離開人間，給人留下同等絢麗印象的生命。

櫻花天生開到極盛便飄落，人的生命卻不是如此。要模仿櫻花，成就櫻花式的美學，那就不可能排除在年輕時自己選擇結束生命，以堅強的意志拒絕老去，終止生命的老化過程。櫻花美學與櫻花哲學因而必然會對日本文化的死亡觀念產生根本的影響。

「共同體」與「義理」

日本的島嶼地理條件決定了在歷史的發展上，小型散居的聚落成為主體，不容易形成較大的群體。小聚落意味著人與人之間有著緊密的互動關係，必須要有明確的法則來予以規範。日文中將community翻譯為「共同體」，反映了他們社群生活的濃厚「共同性」。一個小聚落就是一個「共同體」，其中的成員被視為是高度同質性的，有著同樣的行為模式，有著共同的感情反應。而管轄行為模式與感情反應的，是「義理」，或「人情義理」。

緊密的「共同體」中，個人沒有太大的自由，也沒有發展異質個性的空間。群體「義理」衍生出種種社會機制彼此加強對於個人的規範。日本有遠比中國發達的地方性傳說、神話，每個村落有自己的神社，有相應的傳說、神話來將成員包納進來，更有相關的民俗儀式反覆確認彼此的人際連結。

推薦大家可以看一部漫畫，也曾經在日本改編成電視劇，但漫畫的內容比電視劇更豐富些，那是星野之宣的《宗像教授異考錄》。宗像教授是一個大熱天都要披著大斗篷，高頭大馬光頭的民族學教授，到日本各地去考察傳說與民間宗教，常常走一走不小心掉到一個坑裡，從裡面挖掘出一份日本民俗的重要知識。

讀《宗像教授異考錄》最容易具體感受到，一直到今天，即使經歷了長期西化、現代化的洗禮，日本的傳統民間風俗、禮儀的資源與力量，都還持續在發揮社會作用。其中一項作用，也就是維護「義理」，將人與人之間的互動放入嚴格的框架中。

在這樣的「共同體」中，必然有集體規範與個體意志的衝突，在日本被視為「理」與「情」之間的緊張。當「情」與「理」不相容時，大部分的人會選擇遵從「理」，按照集體的「義理」行事，但有少數人在更強烈的情感驅使下，對於「情」的堅持超過了「理」，相反地選擇了要徹底忠於自己的心，在嚴密的「義理」籠罩下，他們沒有可以離開「義理」活著的空間，於是只能和感情的對象，那「相對者」攜手「相對死」，如此完成了「心中」——貫徹自己內心的感情願望。

在這樣的文化價值觀中，「心中」背後必然有「情」與「理」的衝突，因而描寫「心中」事件的重點，就是凸顯這份無法解決的衝突。像是在開啟「心中」意識的《曾根崎心中》戲劇中，明白鋪陳了多重的衝突。第一重是德兵衛對繼母的家庭責任；第二重是繼母替他安排答應下來的婚姻約束；第三重是他去借錢產生的還錢承諾；還有第四重，是他認定和九平次之間的朋友關係。德兵衛被重重的「義理」責任綁得動彈不得，所以要實現對はつ（阿初）的感情，最終只能訴諸於極端的「心中」手段。

順道一提，はつ這個名字有特殊象徵意義。以前台北開過好幾家叫做「初」的酒廊，一看招牌就知道是特別招待日本客人的。「初」在日語中的發音是はつ，為什麼要將「遊女」命名為「初」，將有女性陪酒的地方命名為「初」？

那是「初心」、「初衷」的「初」，意思是這家店裡的女性都像《曾根崎心中》劇裡的女主角一樣，身為「遊女」卻一直保持著天真浪漫的「初心」，仍然相信愛情，仍然以清純的態度來對待人，不會變成敷衍客人的老油條。

「賴活」不如「好死」

「理」與「情」的衝突無法解決，人保有感情、忠於那樣一份沒有被世故磨滅的自尊，唯一的方式只剩下「心中」。因而「心中」在此取得了和武士道中切腹自殺一項共同重點，那就是以死明志保護自己的尊嚴。切腹自殺換得尊嚴的方式，是刻意選擇一般人無法忍受、不敢選擇的最痛苦過程；「心中」換得尊嚴的方式則是找到了「相對死」，表示這份感情是真切的，不是一廂情願，不是個人厭世，一般人要自殺不可能找得到另外一個人願意陪著，藉著兩個人的共同行動保證了這樣的死亡有其非常價值——面對「義理」世界，當我喪失在這裡存在的資格時，有另一個人能夠體會、能夠證明我的「情」的真實性。

無論從外在「義理」標準看，我的生命如何不堪，如果得到了顯現自我忠於心、忠於感情的機會，我就能從「相對死」中得到救贖，做到了別人做不到的，也得到了別人得不到的終極愛情。

如此整理「心中」殉情在日本傳統文化中的深厚意涵，我們可以更精確地分辨，一些對於太宰治及其作品的通俗看法，是不是值得我們接受、相信。

最簡單、常見的一種看法，認為太宰治很年輕時，才二十歲，就和一個咖啡店的侍女相約殉情，結果女方死了，太宰治卻活下來，真是無賴、不堪。再下一次殉情事件，又是太宰治活了，女人死了，而且在事件調查中發現，女人身體裡有殘餘的鎮靜劑，合理的推測是太宰治勸女方吃了安眠藥自己卻沒吃，難怪將兩人綁住的衣帶鬆開後，太宰治可以從海中游回來，女人則淹死了。這同樣是無賴、不堪的行為。

然而我們應該將這樣的事件，《人間失格》中描述的，以及太宰治自身親歷的，放入日本傳統「心中」背景中，重新理解、重新詮釋。

小說中寫得很明白，這對男女是在各自都走到人生最不堪的落魄谷底時相遇的。兩人在一起的動機，從來都不是愛情，毋寧比較接近是互相取暖。女人對男人說：「床頭金盡你就不露面了，不需要如此，作為女人，我也可以養你。」男人山窮水盡到這種地步。但女人這邊也沒有好到哪裡。小說中的形容是：她連陪酒時都全身散發著一種落拓、敗破的氣味，讓人家不想靠近她。她當然不可能完全沒有自覺。

而她還賴活著，因為沒有自殺的勇氣，直到這個境遇比她還糟的男人出現。男人糟到讓她提議來養他，男人還不要接受她的供養。於是兩個人在這個「義理」世界中保有尊嚴的最後方式，是彼此可以形成「相對死」，可以不必再忍受生之痛苦，還可以不必孤伶伶的自殺，向世人證明，或更真切的是欺騙世人，自己至少還有愛情，還有可生可死的愛情走到生命盡頭。

終於有了「好死」的理由，不用再「賴活」下去了，所以由女人提議，男人答應了，兩人一起到鐮倉去。

並不是兩個人感情多深，也不是這個世界有什麼巨大的力量阻礙他們的愛情，讓他們到鎌倉去投海。

「水死」與「切腹」

還應該進一步了解的，是他們選擇的自殺手段在日語中叫做「水死」，關鍵在於這個「水」字，其意義來自淨土宗佛教信念。淨土宗也是從中國傳到日本的，中國的淨土宗雖然信眾不少，但在佛教各宗派中地位不高。因為淨土宗強調念佛誦經的重要性，主張隨時念佛、經常誦經就能在死後前往淨土極樂世界。不像在中國高度發展的其他宗派，如華嚴、天台或禪宗有精妙的教義，有吸引知識階層的理論探究，所以比較是在一般庶民間流傳，後來往往還和道教合流。

傳入日本之後，淨土宗也因教義簡單，重視儀式高過教理，而得到了眾多信徒，並更容易和日本傳統神道並存、甚至結合，成了佛教的一支主流派別。在日本，淨土宗特別突出離去「穢世」的種種法門。「淨土」對應「穢世」，從「穢世」通往「淨土」需要有洗淨清潔的過程。而水，在現實上、在象徵層次上，是最普遍、最有效的洗淨手段。

在多山多河川又靠海的島嶼環境，日本文化本來就和水很親近，淨土宗的信仰隨而更抬高了水的地位與作用。太宰治三次「心中」都是選擇「水死」，讓生命殞滅在河裡，背後的意念是要兩個人綁在一起，彼此攜手，透過水的清潔作用，去到另一個世界，那是洗除了現實汙穢的淨土。

大江健三郎晚期的作品中，有一部小說就叫做《水死》，書名絕對不能翻譯成「淹死」或「溺斃」，必須保留日文中的專門名詞及其背後的強烈信仰意味，我們才能理解大江健三郎如何描寫父親「水死」的過程，來對傳統日本信仰，尤其是天皇信仰進行嚴厲批判。

很長一段時間中，「水死」是日本庶民自殺時的首選。日本幕府時代初期的武士，例如在《平家物語》中所記錄的，也都還是以「水死」方式自殺。不過到後來，武士產生了新的階層意識，發明了切腹的儀式，那是特別彰顯武士地位的一種死法，庶民沒有資格模仿。倒過來，武士也不可以「心中」，因為武士只能有一個絕對的效忠對象，將他的「忠」從主公轉移到任何一個女人身上，對武士來說都是恥辱的行為，不可以有，更不可能張揚。

在日本的「義理」世界中，作為一個人而活著，也就是具備「人間條件」不是那麼簡單的事，而是牽涉到歷史傳統的複雜問題，在現代情境中得不到容易單純答案，這是太宰治寫《人間失格》的文化背景。

第三章
《人間失格》大庭葉藏的一生

三張照片

前面討論了將《人間失格》視為太宰治的真實「自殺文本」，然後換從日本特殊的生死觀念脈絡來理解《人間失格》，現在讓我們還原這部作品成為小說文本來看待、解讀。

這部小說於一九四八年先在雜誌上分成三期連載，連載結束一個月後，太宰治就第三度殉情、第五度嘗試自殺，「水死」去世了。在他死後這部作品結集出版，按照原先的連載形式分成「第一手記」、「第二手記」、「第三手記」三個部分。

不過在三份手記之外，太宰治加了前言與結語。整部小說的開頭，有一個和手記不同觀點、不同口氣的描述。這個開頭描述了三張照片，不是試圖客觀刻畫讓我們似乎可以透過文字看見照片，而是以特別的一個「我」的眼光，主觀的感情介入進行描述的。

三張照片各有重點，又有共通之處。第一張是大庭葉藏小時照片，主觀描述特別強調的是這小孩表面在笑，但那表情卻又絕對不是笑，不是一個人的笑容。最主要的證據——沒有人會一邊捏緊拳頭一邊笑的。

第二張是他青年時期的照片，畫面上看來極度矯揉造作，看起來不像真的人，缺乏了作為一個真實的人的分量。第三張看起來像是一個蒼老的人，但看過之後只能留下如此籠統的印象，無論如何都沒辦法記得照片裡的人確切長什麼樣子。甚至會因為無法對應該是照片前景的人像形成明白印象，以至於看照片的過程時將背景的東西都記得了。

乍看下，這三張照片是小說的開頭，但閱讀中我們應該知覺的是，在三張照片之前，還有小說標題，標題才是真正的開頭。這三張照片扣緊了書名，在形容從「我」的主觀看去，存在著這樣一個不像人的人，照片顯影的明明是個人，卻三張照片都各自有著嚴重、致命缺陷，使得畫面中的這個人，在人生三個不同階段，看起來都「不足以是人」。

這是《人間失格》的意義：沒有資格作為人，這個人少了一些人的條件。快速有效地，藉由三張照片讓我們理解了書名，同時又建立了小說中的問題意識，得以吸引讀者好奇的雙重懸疑。

第一重是為什麼會有這樣一個人，從小到青年期到成年時，都讓人覺得他身上少了什麼。在結構上，後面的三份手記也就是鋪陳展開了三個主題來說明這個人在不同階段遇到了什麼事，如何在生命中被挖空了部分的性質，以至於無法具備作為人的資格。

第二重懸疑是從解開第一重懸疑連環產生的更普遍的問題：那到底作為一個人活著所需要的條件與資格是什麼呢？到底我們是用什麼樣的標準貫徹在看照片的眼光中，以致於有了這個人不像人的評斷？

像神一樣的孩子

主觀描述中形容看那張小孩照片，覺得那不是人而是猴子的表情。並不是說他長得像猴子，而是在他的人臉上出現了猴子的表情。接下來，原本這個主觀退隱了，換成照片的主角大庭葉藏現身在手記裡，以他的告白來繼續這項探索。

他的告白從一開始就顯現了對於自己不同於一般世人的強烈自覺。他清楚地感覺到會害怕「一般人」，因而必須去討好「一般人」。這裡的關鍵是「一般人」是什麼？為什麼會害怕「一般人」？所謂「一般人」依照我們視之為理所當然的定義，不就是那些你可以、也必定會平常心淡漠對待，不會激起任何特殊情緒的人？於是用這種方式，小說挑激了我們平常不會有的根本疑惑：「一般人」、就單純是人的人，到底長什麼樣子？有什麼特質條件？為什麼我們會認定他們是不必被特別注意的「一般人」？

小說不是結束在三份手記的告白披露，結尾處開頭那個為我們描述照片的「我」回來了。在後記裡解釋材料的來源：「我」應該是遇到了第三手記中記錄的那位京橋小酒館老闆娘，從她那裡得到了照片和手記。一頭一尾用另外一個敘述者將小說內容包起來，除了純粹形式上的作用之外，太宰治還要創造出這些內容不是虛構，而是具體個人生命實錄的性質。

依照「我」的說法，小酒館老闆娘將照片和手記交給他，要讓他拿去當寫小說的題材。但後來呈現在我們眼前的，卻是沒有改編為小說，原汁原味的手記，還有對於真實照片的描述。也就是他放棄了小說虛構，將材料原樣公開，所以「這不是小說，這是真的。」要讀者將這些內容當作事實接受。

《人間失格》最後結束在「我」和小酒館老闆娘的對話。對話內容表示：這是大庭葉藏的真實人生，而且補充了手記裡沒有的確切時空背景。那是昭和五、六、七年，一九三〇年左右發生的事。而後記書寫的時間是一九四八年，中間已經隔了十幾年。

當然我們對照太宰治的生平資料，他一九〇九年出生，一九三〇年剛好是手記作者大庭葉藏的年紀，在那段時間他念高中，從高中退學，退學之後過了一段浪蕩生活。

後記中，「我」充滿感性地對小酒館老闆娘說：「我相信他將這些手記和照片寄給妳，是出於道謝的心情。」老闆娘也充滿感性地回應：「他簡直是像神一般的孩子。」整部作品結束在這裡。

讓我們重新整理一下時間順序。一九四八年，這個「我」拿到了照片，以及老闆娘提供給他當小說材料的手記，他讀完了手記，決定不寫小說，而是將手記實體拿去發表，所以他回去找小酒館老闆娘，跟她商量，然後才有這段對話。

對話的兩個人，我們對於老闆娘如何感受沒有足夠的訊息可以掌握，然而敘事者

「我」卻是和我們一樣讀完了三本手記。因而對話中「我」所說的，很明顯提供了對於手記內容的詮釋——了解手記作者的一生，我們應該體會他去死之前，用這種特別的方式向小酒館老闆娘致謝。

這也是對才讀完三份手記的讀者的挑戰：你有感覺到這樣的心情嗎？你也是用這種方式理解大庭葉藏這個人嗎？你是暗自點頭在心裡說：「是這樣沒錯。」還是嚇了一跳想：「有嗎？他是這樣的人嗎？」為了怕讀者沒有接收到這個挑戰的訊息，還加上了老闆娘的感嘆之語：「他簡直是像神一般的孩子。」

寫手記的大庭葉藏有哪裡像是天使嗎？手記中他說他一直在討好世人，在欺騙他害怕的「一般人」，所以這裡有一個無法排除的可能性：這位小酒館的老闆娘就是被他騙了，因為他太會演、太會裝，以至於她誤認為大庭葉藏是一個像神一般的孩子？但這個可能性又不是那麼有說服力，畢竟手記是寄給老闆娘，她應該和我們一樣，讀過了這些手記，知道了大庭葉藏在手記中的自我揭露告白。

前面說了，小說開頭創造了雙重懸疑，到小說結束時，三篇手記幫我們解答了大庭葉藏是什麼樣的人，為什麼他的照片會給人那樣奇怪的感覺；也十分尖銳地刺激、指引讀者去思考所謂的「世人」、「一般人」原來是如此面貌。但到了小說結束時，太宰治卻故意多製造出一個裂縫。為什麼老闆娘會這樣描述大庭葉藏？她看到了什麼我們沒有看到的，是在小說裡有的而我們忽略的嗎？還是小說裡沒交代，老闆娘從別的地方得到的認知與體會？

小說結束在沒有結束、故意不明白結束的地方。

現代主義中的自剖性質

這部寫於一九四八年的小說，具備有不折不扣的現代性，是現代小說。現代小說的主題與精神和「自我」密切纏捲。

手記形式最重要的性質就是自我剖析，這是現代主義文學中新興當道，到二十世紀中期還帶著銳氣力量的寫法。

徐志摩成為中國現代文學最重要的浪漫代表，正因為他成功地從西洋文學中引進了這樣一種寫法，充分表現了其背後強烈的心理追求。他代表的其實是西方從浪漫主義到現代主義潮流轉折過程中的價值觀。他的浪漫主義性質表現在像〈我所知道的康橋〉這樣的作品，但別忘了，當時引發更大迴響與模仿潮流的，還有開啟現代性的〈自剖〉。

中國文學傳統中沒有「自剖」的。「自剖」帶著內在的現代性精神，將自我看做一個問題，「我」是應該被認真探索的問題，以最認真、最嚴肅的態度面對這個問題，試圖解決這個問題。

不能理所當然認為：我知道自己，我怎麼可能不認識自己。自我不再能被 taken for granted，我們平常從自我出發去認識、接觸、應對外在世界，以至於往往忽略了最大的問題、最根本的問題其實是「我」。

十九世紀的浪漫主義持續向外追求，去擴張人認知、感受與活動的邊界，到了現代主義，將同樣的追求動機，由外轉內，倒回來探究、拓展內在的邊界。現代主義的態度是：原來我們從未好好認清楚人的內在，光問自己是什麼，都有那麼多過去保持在神祕、晦暗、迷濛狀況的領域。而且一旦逆轉，將探求的精神對向自我，似乎就有不斷擴大的未知之處引誘我們持續深入。

徐志摩的〈自剖〉開頭說：「我是一個活潑好動的人，但為什麼這段時間中我失去了活力？」這明明是確切發生在自己身上的事，卻知其然而不知其所以然，無法對自己解釋在我身上到底怎麼了？為了要找到理由，必須有意識地將藏在心靈、精神中的某種因果連結與變化透過解剖般的程序掏取出來。

〈自剖〉過程中出現了一個關鍵的疑惑：「生活的滿足是我的痛源嗎？」這正是現代主義和傳統價值最大的不同之處。活得滿足，就是幸福，幸福再好不過，不是嗎？然而幸福帶來的效果，是讓「我」失去了對這個世界的好奇心，滿足於活在既有的情況中，沒有了作為一個小孩、作為一個成長中的人最重要的特質——好奇、衝動、無法停歇下來。

幸福取消了「我」的活力，反而成了痛苦的原因。於是滿足成了問題，是阻礙自我繼續好奇的障礙，不是可以坐著享受滿足，必須找到方法予以克服。自我剖析過程中也顯示了不能享受滿足的「我」，是個問題。不甘於滿足，背後躍動的是浪漫主義精神，然而如此堅持探尋「我」，則是現代主義式的。

希望大家有機會重讀一下徐志摩，不要只記得曾經被選入課本的那幾首詩、幾篇文章，而是更全面地去體會當年來自西方的現代主義潮流，是如何透過徐志摩進入中國，產生了多大的影響。這波潮流當然也襲捲了日本，而且進入的時間更早，影響的時間更久。

私小說與懺悔錄

「五四」時期中國新文學中，另外一篇帶來巨大社會衝擊力量的作品，是郁達夫的〈沉淪〉。這是另外一篇「自剖」的文章，誠實的分析自我，不過分析理解的方向很不一樣。

有一段時間，很多中國青年讀到〈沉淪〉的第一句話，都覺得就是在講自己：「他近來覺得孤冷得可憐。他的早熟的性情，竟把他擠到與世人絕不相容的境地去，世人與他的中間介在的那一道屏障，愈築愈高了。」

這句話內涵的意義，乃至〈沉淪〉小說中描述的內容，很明顯地可以和《人間失格》相呼應。當然不是說這兩個作者、兩篇作品有直接影響關係，而是他們同樣屬於現代主義自我探索浪潮，同樣來自日本的「私小說」傳統。

兩部作品都採用了內在的自省、告白口氣，而且是悲觀的自我檢討。郁達夫小說的標題是〈沉淪〉，敘述的重點就是一個人如何在社會生活中不斷下降其地位，落入深淵中，和世人間的距離愈來愈遠，一步步走到世人生活的另一邊去了。

兩部作品都以這樣的人為主角：他們強烈感到自己不屬於這個現實社會、不屬於這個世界。這樣的情緒構成了現代主義藝術的心理基礎。為什麼要有文學、藝術，什麼時候人會需要訴諸於文學、藝術的追求與表達，乃至於現代文學家、藝術家最為鮮明的形象，都來自於和一般人、一般社會生活格格不入。

〈沉淪〉是郁達夫受到當時日本文學影響而寫下的作品，中間有很多模仿日本小說的痕跡。影響郁達夫的，最主要是「私小說」那種凝視自我成長經驗中違反世俗規範、期許的部分，刻意凸顯自我曾有過的敗德、沉淪行為與體認。

《人間失格》的寫法，很像「私小說」，我們可以將這部作品放入「私小說」發展的脈絡中，當作是半個多世紀這個傳統中出現的顛峰之作。不過到達顛峰也就意味著這部作品寫出了不完全是原先「私小說」模式中能夠容納的其他內容。

第一手記開頭說：「回顧一生，都是可恥的事。」在回顧整理生命歷程時，發現能記得的、值得被記錄的，都是可恥的事，這種價值觀指向了懺悔，採用了西方文學傳統中的「懺悔錄」形式。

西方會發展出「懺悔錄」，留下諸多重要的作品，和基督教信仰密切相關。在教義上，規定了人作為從伊甸園中被趕出的亞當和夏娃的後裔，必定是帶有原罪的。依靠著耶穌基督「無罪受難」的犧牲，人才得以重新取得救贖的機會。而救贖的前提，是你要在上帝面前承認自己的罪，並且誓願悔改。聖奧古斯汀的《懺悔錄》是這種類型的代表作，告白自己曾經過著追求世俗榮華的縱欲生活，後來幸好認識了上帝，也理解了這種生活的邪惡墮落性質，轉而崇奉上帝、真心悔改，以便洗滌自我，免得墜入永恆的地獄。

然而這種文體在盧梭的手中，產生了現代轉折。表面上看，盧梭的書名和聖奧古斯汀的同樣是*Confessions*，書中也同樣寫了他一生做過的諸多不堪的事，而且也在進行懺悔。然而盧梭卻用了很不一樣的態度來想像上帝與最後審判。他解釋寫這本書的目的是在面對最後審判時，可以將這本書呈給上帝，對上帝說：「請告訴我，在你創造過的人之中，可有哪一個比我更誠實嗎？」

換句話說，盧梭寫《懺悔錄》可不是要像聖奧古斯汀那樣匍匐在上帝面前求取原諒。他的《懺悔錄》是一份敢於拿到上帝面前的炫耀，彰顯他具備了其他人沒有的特質——真實、誠實，實踐了「坦白的美德」，因而不應該被送進地獄裡，在天堂應該有一個特殊的位置保留給他。

盧梭的《懺悔錄》改變了人對待自己的失足過錯。而我們從《人間失格》的第一手記明白地看出其自剖與懺悔的來歷。

一流與二流作品的距離

經典有其超越時間的價值，但任何一部經典畢竟都還是特定時空環境的產物，因而經典不應該孤立地閱讀，可以放進前後不同作品的比較中更能掌握其重要性。和之前的作品比較，才能確定經典中有那些成分是承襲而來的，去除掉既有的套路寫法，才知道剩下的哪一些是作者的獨特創意發明。缺乏這種溯源的脈絡性讀法，我們很容易做錯判斷。常常會看到一些對經典作品的荒唐評論，誇讚作品裡的某些段落、某些寫法，卻渾然不知作者所處的時代有多少作品都是這樣寫的，都有類似的段落，如此當然就劃錯重點，錯失作品真正有價值之處了。

另外也要比對後來的作品，那是要衡量經典的影響作用。並不是說影響愈多人、有愈多人在之後仿效的就是愈好的作品，而是從影響的方式讓我們更能準確地體會自己在讀一部什麼樣的作品，相應調整詮釋與領受的態度。

例如說海明威的小說有著驚人的感染力，而且他的風格看起來那麼簡單，幾十年間出現多少後繼模仿者，從這樣的文學史現象我們得以了解，海明威不只是創造了一種前所未見的文字與敘述風格，而且神乎其技地製造出誘人的假象——儘管那麼多人以為他的風格很好複製，但事實上成千上萬的模仿者誰都沒有達到真正的海明威式小說內蘊效果，在表面的簡單之下，藏著深不可測的不簡單。那才是我們應該探索讀到的海明威小說價值。

和海明威差不多同時期，同樣用英文寫作的愛爾蘭作家貝克特（Samuel Beckett），相反地很少有仿襲者。他的《等待果陀》獨樹一格，很多人根本進不去讀不懂，遑論模仿了。還有一些人被《等待果陀》的內容衝擊了，卻完全不知其所以然，當然也無從追隨那樣的形式。極少數真正理解貝克特寫法的人，通常就同時深刻地體會內在近乎絕對不可能複製的性質。

海明威沒有比貝克特了不起，貝克特也沒有比海明威厲害。然而欣賞這兩個人的作品，必須有不同方式，採取不同的策略而有不同的收穫。

如果行有餘力時，還有經典閱讀的進階準備。那是一種歷史性而非文學性的讀法。學文學的人讀作品，傾向於只讀第一流的作品，只有第一流作品值得研究分析。讀第一流作品大有助於培養品味與眼光，不過只讀公認的經典好作品，卻將永遠無法解釋這第一流的判斷標準是怎麼來的。因而學歷史、做文學史研究的人，不能不讀二流、甚至三流的作品，因為讀了同時代的不同等級作品才能夠確知第一流作品的傑出之處，和二流、三流作品是如何拉開差距的。一流評價必須在比較中才能變得立體、明確，不只是平面的概念。

太宰治承襲了告白、自剖、懺悔的傳統，然後在這上面放入了很不一樣的內容。

缺乏生之欲望的大庭葉藏

太宰治放進這個傳統裡的新鮮成分，是對於人的害怕，從這個特殊角度去推演「我」（大庭葉藏）和「一般人」之間的差別。

手記一開始舉出一個荒唐的例子，來寫大庭葉藏和「一般人」。大庭葉藏最特別的地方在於從小腦袋中沒有實用性概念，不會想到這些事情存在是因為有用。他看到火車月台間的橋梁，他的感覺是好玩；對於地鐵，他想到的是應該大家覺得在地上跑不夠有趣，所以故意讓火車換到地下去跑。

他認知這個世界過程中遇到了一個大幻滅，發現圍繞身邊這些原本覺得很有趣的事物，家具、用品等等，竟然都是有用的。

這是對照地反諷「一般人」的態度，以人的方式活著就是講究實用，只看得到、只在乎實用。

接著他又提到自己沒有基本的生之欲望。人活著最基本的欲望對象是食物，肚子會餓，必須吃東西才能保持生存狀態。但他從小不知道什麼是肚子餓，吃飯這件事一直都只是習慣，時間到了就去做，沒有覺得非吃不可，也不會害怕沒飯吃。

從他的這種態度冷眼去看「一般人」的生活，就產生了一種荒謬可笑之感。早上醒來吃早餐，然後出門換個地方坐下來，沒多久又去吃午餐。休息一下和別人說說話看看電腦、手機，接著又去吃晚餐了。再換回家中，看看電腦、手機，又去吃宵夜了。

太宰治要讓我們看到和我們如此不一樣的一個人，認真看待這樣的生命會產生什麼樣的感受與經驗。活著對他來說和大部分的人是完全不一樣的。他沒有覺得，也沒辦法覺得活著那麼重要。從他的標準來衡量，所謂的「正常人」、「一般人」如此汲汲營營不過為了讓自己能活下去，將活下去看得那麼重，願意費那麼大力氣在這件事上，很奇怪，甚至不可思議。

因而他不得不疑惑：人怎麼會願意為了讓自己能吃、能吃得飽、能活得下去，而忍受那麼多折磨與痛苦？生活上所有的痛苦，根源不都來自人必須活下去？從他缺乏生之欲望的立場，而有了我們不會有的一種恐懼。他看「一般人」很像我們看到一個每天花三小時刷牙二十次的人，或是每次洗手要洗十五分鐘的人。對他們的作為我們會有毛骨悚然之感，因為我們完全無法理解為什麼要專注做那麼不重要的事，覺得他們應該是瘋了。

我們都怕行為怪異的人，而所謂「行為怪異」也就是有著讓我們無法同意、無法解釋的行為模式。在一個從來不覺得吃飯要緊的人眼中，每天如此反覆費力找吃，豈不是很恐怖？

「正常人」看到被視為瘋子的人，很自然會假定他可能有暴力傾向，那我們又怎麼能怪他害怕這些願意忍受痛苦只為了尋求活下去的人會傷害他？「一般人」有力量做這些日常吃飯生存的努力，對他來說極度神祕，也就帶來了高度不可預期的威脅。人像一頭安安靜靜躺著的牛，卻會突然為了趕蒼蠅而用力甩著尾巴，如果不了解牛的動機，那麼大一頭動物突然的舉動當然會讓我們嚇一跳。

不具備當人的條件

太宰治描述的，是一種最原始的恐懼，不是針對特定事物，不是怕老虎或怕槍砲或怕鬼，而是怕未知，怕自己無法掌握的情況。

大庭葉藏他無法掌握人。他自己沒有那樣活著的衝動，到後來也就不覺得死是那麼嚴重的一回事，他沒有那麼強大的意志、那麼深的執念一定要活下去，他看到的，他能理解的，只有這些「一般人」能夠忍耐自己無法忍耐的，反映出他們內在必定有自己身上不具備的特殊力量。

再舉一個例子作為對照：當見到起乩時的童乩用刀將自己割得鮮血淋漓，或讀到歐洲中世紀 **flagellants**（自鞭笞派教徒）當眾一邊走一邊反覆用鞭子重擊背部的記載，你會有什麼感覺？

我們會覺得很不舒服，並且引動了恐懼的情緒反應。你自己無法忍受這樣的痛，因而必須假定這些人身體中藏著內在的、祕密的力量。從大庭葉藏的眼中看去，「一般人」表面的平靜全都含藏著內在的暴力。不能想像所有的人為了要活著，自私自利活著願意忍受那麼多，還能覺得自己活得好好的。自私自利到這種程度，只不過為了活著，這樣的人一定具備有神力才能如此生活。

他無從知道「一般人」會做什麼，也無從琢磨「一般人」不會做什麼。任何事情似乎都有可能。對他來說，《人間失格》的「格」，人活著的狀態與條件，本身就是可怕的，人為了讓自己活下去，不惜忍受一切，不惜做出一切讓自己活下去的，叫做「人」。

他不具備這樣的條件，所以他從一開始就「失格」了。以這種意識領受「人間條件」的壓迫，他只能活成一個最膽小的人。他自覺是卡繆名著的書名——L'Etranger

（異鄉人），和大家都不一樣，都格格不入，最徹底的陌生人。所以他選擇盡量掩藏自己和別人不一樣的事實。

掩藏的方式決定了他的外表。他努力討好遇到的每一個人，因為每個人都是瘋子，都很可怕，絕對不能讓他們失控。他不斷搞笑，讓每個人笑，換來短暫的、一段一段的安全感。

第一張照片反映這個生存之道，露出笑容，但絕對不是出於快樂，他的心情一點都不輕鬆。他像是航行在隨時可能遭風浪滅頂的危險海域中的小船，只有別人發笑鬆懈時，他才能短暫解除危機。握拳代表著他永遠保持戰戰兢兢不得放鬆的態度。

笑是最殘酷的事

他自己的「人間條件」如此嚴酷，要一直顯現可笑的言行，讓人家發笑，至少當一個人發笑時不會欺負他，他也才知道如何和這個人建立關係。尼采說的：「笑是人類生活中最殘酷的事；相對地，哭是最溫暖的。」

在社會生活中，我們什麼時候發笑，大笑？通常都是有人倒楣的時候，引發大笑的，幾乎都是某個人的災難。我們只會對自己不同情的事物發笑。倒過來，當我們同情時才流淚，包括經常為自己的遭遇而哭，也是內在反身同情自己。如果發生在自己身上的事無法引起同情，那麼我們的反應不會是流淚哭泣，毋寧會是憤怒。

有人遭受重大傷害或損失時，我們會寧可他哭出來，因為在心理機制上，哭表示同情自己，不會對自己那麼嚴苛，包容了自己，不像憤怒、冷漠反應時那樣無法原諒自己。

台灣一直都是一個重視大笑遠遠超過痛哭的社會。我們先入為主地認為笑比較好，影視主流的效果是搞笑，而且沒有不能笑、不應該笑的禁忌界線。

有一件事我多年來一直忘不了。奧利佛·史東的反戰電影《前進高棉》在台灣上演時，我正在當兵，從鳳山放假回台北在電影院裡看了。看電影的過程中，讓我很不舒服、甚至讓我完全無法理解的，是電影院裡一直傳出笑聲，而且不僅是一、兩個人笑，在一些場景會有好多人集體笑出來。

史東絕對沒有要拍一部喜劇片。相反地他要拍一部不斷激發觀眾憤怒情緒的電影。電影中呈現美軍進入高棉的一座村莊，每個戰士都很緊張，因為他們分不出誰是敵人，共產黨的游擊隊不會穿制服，表面上和一般平民沒有兩樣，潛伏在村莊裡道路上，卻隨時可能發動突襲給美軍帶來極大的傷亡。

當年的《軍旅札記》中，我寫了這麼一段文字：

喚作《前進高棉》的電影正在上演。畫面進行到乾涸的河谷裡，美軍們發現同伴的屍體綑綁在樹上。一個遠鏡頭拉開來照他們無聲錯落地圍站在屍體的周圍，一片灰晦荒涼。接著是越南小村的戲，美軍們帶著激憤闖入一個也許存在了上千年，樸實的村落。先是豬隻在鏡頭上驚惶亂竄，一名大兵毫無理由地對豬隻開槍。戲院裡零零落落地響起笑聲。……然後是大兵們粗野地打翻村內原有的物質秩序，嘶吼著把一個個矮小瘦黑的越南人從房裡趕出來。他們的話裡夾雜許多字幕沒有譯出來的字眼。其中有一句話，字幕是這樣打的：「不要給我裝出一副蠢豬樣！」戲院裡的觀眾爆出和看《大頭兵》時一般熱烈的笑聲。……

美國大兵在村子裡搜出地窖，大吼著把瑟縮在裡面，卑微無言的越南人趕出來。一個越南人還躲在下面。他們不顧身旁先出來兩名婦孺的拉扯，決定向窖裡投擲黃磷手榴彈。那是一種沾染上便持續燃燒，無法撲滅的化學藥劑。然後鏡頭一轉，場景換到室內，一個面色黧黃的中年東方人和他的中年妻子。那人臉上有著東方農人特有的憂傷、沉鬱和無從排解的惶惑。像你我的父親、或者祖父。真的。可是畫面上近乎歇斯底里的美國新兵大罵他：「你笑什麼?!你笑什麼?!」我們的觀眾，又是一場鬨笑。美國新兵用自動步槍射擊中年東方男子腳下的土地，叫著：

「跳啊，跳舞啊，跳啊！」那中年人只好跳，為了躲開那些子彈，真正銅質堅硬，打在身上會流血的子彈。我們的觀眾，看慣了喜鬧劇的，又紛紛笑了起來。

後來那中年男子死了。不是死於子彈，冰冷的子彈。而是另一個精神狀態不甚穩定的大兵一槍托掃在他臉上，他倒下去，那大兵用力揮舞槍托擊搗他的腦袋。攝影機照著一張帶著勝利微笑，含雜粗暴表情的白種顏容，斑斑鮮血由下而上噴濺在他臉上，溫熱的血。他很滿足地說：「好過癮，這還是我第一次看見腦漿。」……戲院裡，一個女孩的聲音輕輕地問：「他為什麼要殺他？」另一個男聲冷冷地回答：「因為他是越共啊。」

「因為他是越共啊。」平穩沒有表情的聲音，帶著想當然耳，還有一點理直氣壯。……電影裡有任何一點暗示著那個中年東方臉孔是越共？……

電影繼續進行著，美國大兵問村長越共的行蹤。他們甚至抓來村長的女兒逼問村長，村子廣場邊排列著些婦人和小孩。這是導演想直接訴諸人本性中憐憫婦孺的心情，來對照戰爭的非人性吧。鏡頭上一個十歲左右的東方女孩，被強有力的臂彎箍得緊緊的，一支上膛的四五手槍抵著小女孩的太陽穴。她號哭、她掙扎。她伸手向絕望的村長，絕望的村民。後來是另一個大兵救了她，也許是良心發現，發現這整件屠殺事件的荒謬吧。大兵們因而相互毆鬥……

我們的觀眾好像對這場戲大惑不解，甚或是不滿。方才那個女聲很疑惑地問：「他們把村子裡的人都殺光不就好了？」……

這是一九八〇年代的一段紀實，多年之後，台灣社會那種對別人的苦難發笑的習慣，要求影視內容就要讓人發笑有娛樂性的習慣，並沒有真正改變。我們仍然膚淺地以為笑是快樂，無法體會哭的深刻感情作用。

「人間」就是謊言

大庭葉藏只能一直不斷毀損自己，對自己殘酷並激發別人對他殘酷，換取別人的笑，來提供自己所需的安全感。他擔心惹惱任何人，必須討好所有的人，於是他失去了最根本的選擇權。爸爸要送他禮物，怕得罪爸爸，他無法選擇自己真正想要的書，只能接受面具。

延續到他進了中學，為什麼第二張照片看起來很做作，而且沒有分量？什麼時候我們作為人可以有分量？分量所需的人間條件是什麼？要有分量，首先你得是一個個人，individual，有個性有主見的人。個性就是選擇，為了討好他人而無從選擇，一直都要聽別人的，這種人不會有個性，就不會有分量。

這裡面有一份反諷與弔詭。大庭葉藏因為無從選擇，所以在照片上顯得沒有分量，不過繼續讀手記上的種種細節，我們會發現：那難道大部分的人，具備「人間資格」的人，以一般的方式活下去的人，就有分量嗎？好像也不能如此認定。

小說從家庭講起，然後講到了學校。大庭葉藏在學校遇到的問題是：他表現得太好了。學校是一個只認分數的地方，有好的分數，就是表現好。而一旦表現好就會被注意，會增加他對於人的恐懼。

於是他變本加厲地搞笑，除來原本討好別人的作用之外，搞笑還能讓別人看不起他。在考試成績之外，因為搞笑、搗蛋，他的操行成績就被打得很低，他不會在別人眼中顯得傑出，不需要承擔作為優等生的壓力。

手記中，他和自我內在對話，承認自己不相信人，對於人性有和基督徒同樣的悲觀態度，認定人是帶著原罪，是必然會墮落、要墮落的。但他不是基督徒，他比基督徒還更不信任人。「我怎麼能相信人？人就是一團謊言！」

他小時候的經驗：家中男僕帶他去劇場聽演講，場中私底下每個人都用近乎謾罵的口吻批評他父親說得很爛，還有另外一位政黨知名人士得到的反應、評價也一樣糟，有人說從來沒聽過那麼無聊的演講。可是同樣這些人，卻在到家裡來拜訪時都稱讚父親演說講得多好多精采。

人是虛偽的。這其實不需要太宰治來告訴我們，我們都能意識到人有表有裡，表裡絕對不可能完全合一。不過小說中告訴我們這件事的，是一個什麼樣的人？他很誠實，所以受不了虛偽要點破虛偽嗎？明明不是啊！他說「人間」就是謊言、就是欺瞞，而他自己正是一個大欺瞞者，從來不讓別人看他的真面目。

他憑什麼攻擊其他人是「一團謊言」？他不是才在手記中承認自己表現在外的都是假的？他也是「一團謊言」啊！反諷的，這方面他似乎是「人間」的一分子，而不是「人間失格」。然而重點、精采的地方，是太宰治要強調的細微而清楚的區別。

大庭葉藏和「一般」虛偽的人的差別在於當他隱藏自己時，內心充滿了害怕。「一般人」表演虛偽外表時，卻沒有任何恐懼，視之為理所當然，自在地進出內外，極有自信。大庭葉藏卻始終無法擺脫那份心虛，每次欺騙、每次搞笑都很怕會被拆穿。

他遇到了竹一，最特別的經驗是當他假裝摔倒時，其他人哈哈大笑，竹一卻過來戳他：「你裝的。」讓他格外害怕。

恐懼和戰慄

不過，即使被拆穿了，又怎麼樣？為什麼他那麼害怕被拆穿？並不是因為拆穿會帶來什麼後果，那是一份更根本的恐懼——他怕會失去能夠用來應對這個他眼中住滿了神經病的世界的主要工具。處在那麼多瘋子之中，他只有這麼一樣自我保護的防衛武器。

他隨時都害怕被拆穿，意謂著他內在長期處於fear and trembling的狀態中。*Fear and Trembling*是齊克果經典哲學著作《恐懼和戰慄》的書名，我故意用這個詞語來形容太宰治筆下大庭葉藏的人生。他的「人間失格」有一部分來自齊克果的哲學，或說呼應齊克果的哲學。

齊克果的思想根源是嚴格的基督新教信仰。新教徒自己閱讀《聖經》，必然對《舊約聖經》中亞伯拉罕的故事留下深刻印象。上帝要亞伯拉罕將兒子以撒作為犧牲祭品，亞伯拉罕並沒有做什麼壞事、錯事，上帝卻要他將兒子獻出來，要奪走他的兒子。

亞伯拉罕沒有告訴妻子，帶著兒子去劈柴、弄繩子，三天之後，用自己劈好的柴築起祭台，將兒子綁了放上去，最後拿了刀要親自殺死兒子。這時上帝才顯現告訴他：停止吧，沒事了。

齊克果從這個故事衍伸出一連串的大問題。第一個大問題：亞伯拉罕可不可以有選擇？如果他全無選擇，那他的行為等於是上帝操控的，上帝要怎麼樣就怎麼樣，上帝又何必給他這個考驗？所以亞伯拉罕必然有選擇，這個故事才有意義，這象徵了人的自由意志，人可以不服從上帝的命令，上帝才要降下最難遵守的命令來考驗亞伯拉罕。

齊克果更特別的，是要認真追問：那三天中的亞伯拉罕在想什麼、如何感受？亞伯拉罕受到的考驗，其實更接近人生現實。即使信仰上帝，生活中都還是會遭受各種困難，你可以當作是上帝給你的考驗，但你無法假定最終的結果一定是上帝會在你殺死兒子前放過你。如果上帝的行為可以如此被猜中，那就不是上帝了。

如果有上帝，上帝為什麼樣如此考驗亞伯拉罕？但如果完全不會出現像這樣的考驗，生活中的一切都有固定的因果關係控制，那不也就表示沒有上帝嗎？齊克果從這樣的兩難思考中得出特殊的結論：上帝要人活在fear and trembling的狀態中，那是上帝最重要的意旨，或換從比較理性的角度看：那是上帝存在最重要的證明。

我們必須承認：作為人，一些我們內在最深刻、最豐富的性質，作為人最有價值的思考與行為，只有在fear and trembling的狀態中才會被激發出來。上帝要將人放進這樣的狀態，人才真正變成人。一個過著安逸舒服，沒有恐懼、沒有顫抖的生活的人，必定是平庸、無聊的，永遠也不會知道自己內在有多少潛藏的能力，更不會顯現非常的昇華高貴行為。

即便是耶穌基督都曾經在曠野上四十天，高呼「我的上帝祢為什麼放棄我？」他被釘上十字架時，是在兩個盜賊之間，被當作和盜賊同等的人，接受最深的侮辱。那都是恐懼與戰慄的考驗。

在那種情境中，你不知道該怎麼辦，經驗徹底的恐懼，在恐懼的極致處發出無法抑制的戰慄。戰慄時意味著：你必須承認自己的無力，除了顫抖無法有任何行動，激烈的顫抖又使得任何行動都不可能，無從仰賴自己的任何思考、智慧，自我徹底毀壞了，才可能產生真正的謙卑。

太宰治不見得直接受到齊克果影響，然而這樣的主題在《人間失格》中表現得很清楚。「一般人」和大庭葉藏最不一樣的地方，在於他們（我們）不曾體會過這種恐懼與戰慄。自覺「失格」，沒有資格做人卻活在人之間的大庭葉藏，卻是不斷處與恐懼與戰慄中，弔詭地，依照齊克果的哲學推論，如此他反而才能接近最具體最真實的人的處境。這樣一個齊克果哲學中認定的「真實的人」，在世俗環境裡，他得到的待遇是被輕賤，認為他沒有分量，沒有作為人活著的資格。

那些「失格」的人

從第一手記進入第二手記間，太宰治留下另一個巨大的矛盾。

和別人在一起時，大庭葉藏讓大家都發笑，製造熱鬧，但離開了其他人，不在需要討好其他人的情境中，他是一個最孤獨的人。那是出於對其他人的害怕而自主選擇的孤獨，多重的孤獨。不只孤獨，他知道自己孤獨，而且那孤獨是無從排解的，他也知道自己選擇的孤獨不可能排解。於是他身上總是散放著一份total loneliness，近乎抽象性的完整的孤獨，如此反而吸引了一些女性靠近過來。

不是他去追求女性，而是他拒絕他人的內在孤獨氣味，弔詭地對女性產生了特別的吸引力。太宰治從很不一樣的眼光來看待、刻畫女性的情感。

我們平常認定最有女人緣的「情聖」一定是高富帥，但太宰治寫了完全對反的典型，他靠著渾身放散出的孤獨氣味，而且是絕對真實的孤獨，讓女人願意靠近過來。

這既是在小說中凸顯大庭葉藏特性的寫法，更是太宰治對一生中遇過的女人了不起的致敬。

他看出了這些女人不一樣之處，在作品中呈現了她們的深刻感知敏銳能力，她們看男人不是看有沒有錢，有沒有外表的俊帥相貌，而是在意某種世俗男女情感無法涵蓋的恩義。對於那個窮酸到在酒店陪酒的女子，曾經被他拋棄過的靜子，以及後來遇到的小酒館老闆娘，他都以帶有敬意的方式去描述她們。她們都是在世間有問題的人，但閱讀時我們不會因為她們的問題而輕賤她們。太宰治在小說中每次描寫這些「失格」的人，都不忘在背後放著對照的暗影，一直浮在那裡。「一般人」評判、輕視那些「失格」的人，對自己的「正常」感到很自豪，但真的有那麼了不起嗎？真的是這樣嗎？

自認為有資格作為人活著的人活得比較像人，還是沒有資格作為人的人反而活得比較像樣？這如同繞口令似的問題，一直在小說中糾纏著。

《人間失格》很受歡迎，但其內容並不是真的那麼簡單，不能只從「無賴」來理解。

其實「無賴派」在日本從來都不只是字面上顯現的意思。坂口安吾有坂口安吾來自戰後歷史反思的「無賴」風格，太宰治有他更根本反社會態度而來的「無賴」態度。《人間失格》中表面上的「無賴」行徑，從他無法生活、離開學校，都根源於深沉的存在的困擾。或許我們沒有這樣的存在艱難之感，我們可以慶幸自己沒有落入這樣的困擾深淵中，但我們畢竟還是必須面對製造出如此存在艱難狀態的社會與時代。

一層一層往內，我們不只是旁觀大庭葉藏或太宰治的人生，必定隨著小說反身凝視包括自己在內的「人間」。

缺乏分量的人

《人間失格》小說前言中描述了三張照片，其共同之處是照片中的人都不像「一般人」。不過三張照片中顯影的，和「一般人」、有資格作為人而活著的人，有著不同的距離。

第二張照片的重點在於缺乏分量，對應到第二手記要形容的，就是一個人如何將自己活得愈來愈輕，簡直像個幽靈似的。他活著的方式沒有重量，漂浮在這個人世上。

在日本文化中，「浮世」、「渡世」是很普遍、很重要的觀念，用的是水的意象、聯想。也許和他們多湖列島的自然環境相呼應，日本人對人世的看法帶有濃厚的水的意味。不論是「浮世」或「渡世」都帶著不安穩的無常調子，乘舟浮沉，總是算不準哪一刹那是起、哪一瞬間是落。

而比一般浮在水面般的人生還更輕、更飄忽，那麼要動用的比喻就會是幽靈與影子了。第二手記寫的是一個人如何將自己真實、具體的生命，不是以「浮世」、「渡世」的方式活著，而是活成了像幽靈或影子般。

村上春樹很喜歡用影子作象徵。最早在《世界末日與冷酷異境》中，分成單數章與雙數章輪流描述兩個世界，其中一個應該翻譯作「世界終點」的地方，人進入那座城中，必須先和自己的影子分離。一位守門人給你一把極其鋒利的刀，盯著你儀式性地將自己的影子割開。然後你的影子會逐漸愈來愈淡，直到最後完全消失。

到《海邊的卡夫卡》中，他又動用了這個比喻。小說裡的中田先生在第二次世界大戰期間，他九歲時，遇到了一件神祕無法解釋的事件，他像是被外星人綁架般去到了另一個地方，回來之後經常掛在口頭上說：「中田先生腦袋不好啊」，而且他的影子變得很淡，和別人的影子很不一樣。

後來村上春樹得了「安徒生文學獎」，到丹麥領獎時，他發表的演說題目也是「影子」，講述我們應該如何面對自己的影子，面對潛藏的自己，可能更黑暗、更神祕、更不容易理解的自己。而如此黑暗、神祕、不容易理解的自己，當然很難符合社會期待，很難合群存在於眾人之中。

村上春樹要凸顯的是，我們不可能只作為當下的、現實的、具體的人而活著，在此之外還有我們的記憶、我們的夢想、我們的貪念、我們沒有實現的陰暗動機，這些被我們刻意拋棄在生活意識之外的成分，是人的一部分，而且往往是極其重要的部分。

令人恐懼的人間

《人間失格》第二手記表現出來的，是這樣一個以相反方式存在的人。「一般人」看重的當下、現實、具體的生活，對他沒那麼有意義，更是他無法處理的。相對地，那些「一般人」會在意識中捨棄拋擲開的部分，影子般存在的部分，卻隨時在他的認知中，讓他活成了一個影子、一個別人眼中沒有現實分量的幽靈。

他簡筆地勾勒了自己的青少年時期。必須一直將真實的自我包藏起來，小時候搞笑來應付，長大一點轉而開始搗蛋。這一部分的告白很感人，將陌生與熟悉的現象密切地結合在一起。熟悉的，是許多男生長大過程中有過的那種叛逆方式，非常普遍的搗蛋、破壞行為；然而另外有讓我們陌生的訊息緊緊包藏在裡面：如此看起來大膽妄為的行動，竟然是出自一個人內在的脆弱、惶恐心緒動機。

延續大庭葉藏和「一般人」的關係，太宰治得以在《人間失格》書中刺激讀者體認：青少年時期的經驗，和成年最大不同之處，在於需要一再地尋求「自我戲劇化」。不論我們將這樣的行為視為叛逆、代溝、juvenile delinquency（少年犯罪），都不應該忽略了內在根源性的推動力量。那是孩子在成長過程中，必然要經歷一段迷疑，弄不清楚內在真實的自我，和要表現在外的樣貌，到底是什麼樣的關係。

青少年，不論男女，都有著強烈的內心騷動，困惑著該如何表現自我，於是以「自我戲劇化」的方式來摸索、試驗。找一些鮮明的外表，打扮、姿態、行為、言談，刻意誇張來隱藏自我，躲避內在難以捉摸的「影子」。如何可以不要看到「影子」，不要面對那份困惑的成長痛？最簡單的辦法是將當下具體的生命弄得五顏六色，整個像是爆炸開來，沒有片刻寧定，熱鬧的外表遮蓋了糾結陰暗的內在。

所以搞笑、搗蛋這些外表帶有高度戲劇性的行為在這段時期如此重要。很多人在青少年時期都經歷過這樣的階段，然而大庭葉藏不一樣之處，第一是他處在這種「自我戲劇化」情況中的時期比別人都久；第二，他對這樣的經驗始終帶著高度的自覺。

一般青少年在搗蛋叛逆時專注於表面戲劇化的行為，得以掩蓋不安的自我懷疑，但大庭葉藏卻不斷自覺在表演，感受到深刻的分裂。分裂意識又進一步強化了他對於人、「一般人」的恐懼。

在第一手記中，他害怕的是人怎麼能如此忍耐痛苦而活著；到了第二手記，恐懼多增加了一個層面——他不斷意識別人認識的那個大庭葉藏是裝扮、表演出來的，於是害怕會被揭露、被拆穿。這樣的威脅使得他愈活愈辛苦。

小時候感受的威脅來自於不能了解人，害怕讓人堅忍活下去的那股神祕力量；長大些，對於人有了更複雜的認識，理解了人又分成很多種。要應付讓他如此害怕的「人間」，他必須不斷找出誇張的戲劇化行為來和不一樣的人周旋，外表的行為愈誇張，人前表演的樣貌愈複雜，被拆穿的風險就愈高。

於是惡性循環，愈要不讓人看穿他，愈要能和這個世界周旋，就必須演得愈滑稽愈誇張；如此狀況下，會露出破綻遭人看破的機會就愈來愈多。他幾乎隨時都在恐怖的預期中，感覺下一秒鐘就會被人家看破了，想到這個可能而起了渾身雞皮疙瘩。

沒有對手

真的有了被揭穿的時刻。被竹一看破了，大庭葉藏只好更小心翼翼地去巴結竹一。但在這裡，太宰治藏了一個奇特的對照「潛文本」。大庭葉藏遇到的是「我該如何面對那些會威脅我的人？」，一個很根本又很致命的問題。

如果是你，對這樣的問題如何思索、如何選擇？

讓我們舉一個極端的對比例證，那就是海明威以及貫串他的生命與文學的選擇。對海明威來說，人生之所以值得活，是因為有強大的對手形成巨大的挑戰。那對手具備將我輒壓過去的力量，但我仍然選擇面對，絕不閃躲。海明威要的，他重視的，是對決。他喜歡強力對決的拳擊比賽，看棒球時他也認定投手用直球、速球和打者對決才是最好看的、甚至才是對的比賽。

將這種人生哲學表現得最明白的，當然是《老人與海》。海明威認定：人只有在找到了一個像樣的對手，才能夠激發內在的、很可能自己原先都碰觸不到的潛在力量。那可以是肌肉的力量、精神的力量，甚至也可以是道德的、乃至於美學的力量。當對手的存在威脅著你，刺激你不能不回應，於是自我內在的某種最美好、最高貴的性質才被激發出來。

《老人與海》是一部形式上非常簡單、甚至單調的小說。從頭到尾大部分篇幅裡只有一個角色，甚至沒有對話，而是一個人的自言自語。這樣的小說會好看嗎？小說之所以精采，因為我們竟然得以透過這單一角色的眼光與自言自語，深切認識了他的對手——那隻大馬林魚，並且感受到那條魚如此值得尊重。

對決的另外一項要件，是尊重對手，而終極的尊重便在於全力以赴進行對決。即使是和大馬林魚全力對決的結果是必須殺了大馬林魚，卻完全無損於老人對大馬林魚的尊重。

所以小說後來出現了鯊魚，讓我們難過，甚至讓我們憤怒。我們難過的，不只是老人最終空手而回，好不容易釣到的大馬林魚被鯊魚吃掉了，更在於鯊魚如此偷偷摸摸咬這裡咬那裡的行徑，破壞了老人和大馬林魚對決的尊嚴。

對照之下，大庭葉藏的生命沒有分量，因為他沒有對手。他只能想著要更小心的討好竹一，竟然一次都不曾有過要傷害、除去這樣威脅著他的人。這部分，太宰治的寫法考驗讀者是以什麼樣的人的素質在領受小說內容，你認為應該、可以如何對待你心目中威脅你的敵人？選擇討好敵人，除此之外別無其他念頭，不認為有其他可能性的態度，你認為對嗎？

大庭葉藏會活得像幽靈一樣輕飄飄的，因為他害怕每一個人，同時他也不會對任何人有真正的尊重。手記中出現的每一個人，從竹一、堀木、比目魚，到和他一起殉情的情婦，不管形成什麼樣的關係，這中間都沒有一絲一毫的崇敬或尊重。他心裡沒有這樣的情感，那是使得他的生命如此黑暗的根本因素。

讀小說時，我們不得不探尋自己和這樣的生命間有多大距離。換作是你，什麼樣的人威脅你，威脅到什麼程度，你心中會出現「殺了他吧！殺了他吧！」的聲音？你認定從來都不會有嗎？如果會有，那條界線畫在哪裡？正是在這種地方，讀小說讓我們有機會以相對安全的方式，隨著小說的虛構情境，從不同角度認識自己。

當生存被威脅

好的推理小說，尤其是社會派推理小說，仔細鋪陳、探索犯罪動機的好小說，往往就訴諸這樣的方式來刺激我們思考。本格派和社會派推理小說最大的差別，在於看待謀殺犯行的不同重點。對本格派來說，死了一個人的重點是展開了凶手和偵探間的鬥智：偵探要將凶手找出來，還有完整解釋殺人過程、方式；凶手不只殺人，還要想盡辦法湮滅證據。但對社會派來說，一樁命案背後必然有一個強烈的動機。

社會派寫的推理小說，它也有推理的部分，可是社會派之所以稱作社會派，它的關鍵在於死了一個人，有人殺了人，他的動機是什麼？為什麼殺了人？

松本清張最了不起的成就，就是在日本戰後的混亂局面中，寫了一本又一本的小說，不斷向日本人逼問，要他們思索：「換作是你，會為了這樣的事而殺人嗎？」小說家動用他的虛構想像能力，讓我們可以不需要真實地以自我存在去接受考驗與折磨，而能預先如同親歷般去探索自己到底相信什麼。

真實的生活中，我們很少認真思考這樣的問題。但我們誰也無法假定這種事絕對不會發生在自己的人生中，最好還是先透過小說測探自己的底線，究竟有什麼人、什麼事是我們絕對無法容忍的。

大庭葉藏沒有底限，沒有那種一個人威脅我、逼我到一定程度，我必定會反擊，甚至不惜殺了他的想法。他缺乏那份強烈的意志，為了自己能活下去，產生要將另一個人殺死的念頭。這回頭呼應了他的特質：無法理解其他人為什麼如此堅持非活下去不可。要產生不惜殺人的意志，背後必定是覺得自己活下去更重要的基本價值意識。

但大庭葉藏沒有，被威脅時他只是怕，只能想像被別人加害，從來不會倒過來想：我為什麼不先下手解決了他？

陰柔的女性特質

大庭葉藏這種態度，吸引了好些女人。小說在這裡一層一層揭露男人和女人的差異。女人，尤其是那個時代日本社會的女人，不會尋求對決，在這點上，她們和大庭葉藏是一樣的，所以能夠同情他。她們感知了他的恐懼而溫柔以待。進而小說向我們提問：我們真的了解女性看來理所當然的溫柔嗎？那是女人的本性，或是如同大庭葉藏那樣，其實是出於身為弱者的一份恐懼？

大庭葉藏因恐懼而引發的行為，很明顯帶著女性般的溫柔。例如竹一淋雨之後，大庭將他帶到家裡還幫他掏耳朵，除了上海澡堂的職業服務外，從來不曾看過男人替另一個男人掏耳朵的畫面吧，甚至也很難想像男人替女人掏耳朵。但這就是太宰治刻意要製造的效果，讓你感到不安，因而感受到這種溫柔不完全是出於愛意的一種弱者特性。

太宰治還特別寫了竹一的反應。他用粗鄙的語言對大庭葉藏說：「你這樣的男人，將來會有很多女人煞到你！」這語言本身故意凸顯了陽剛，對比大庭的陰柔，然而同時又表現了一種對於女人的直覺理解。

大庭的舉止像女人，然而竹一覺得溫柔的男人會特別吸引女人，也就是女人其實沒有那麼喜歡男性的陽剛，反而帶著中性特質，更能讓女人親近。男人往往對陰柔的男人感到厭惡、不舒服，倒過來，女人卻比較喜歡帶有女性氣質的男人。

太宰治的現實生活中，和小說所塑造的角色一樣，身邊有各種不同的女人。但他絕對不是情聖唐璜，這些女人不是他獵豔征服的成果。卡繆分析「唐璜」時特別點出：那種情聖的生命是空虛的，他需要藉著不斷的征服來填滿其實不可能填得起來的空虛。但這樣的形象和太宰治或大庭葉藏相去太遠了。大庭葉藏連對決的念頭都不敢有，當然也不會有征服的衝動。

那他身邊怎麼會有那麼多女人？竹一點出了關鍵：因為他溫柔得像女人。他的生命是低調的，害怕人使得他總是戰戰兢兢活著，總是溫柔地去討好別人。男人自以為是地去征服女人，然而很多女人其實更希望得到溫柔對待。他以男人的身分，卻具備女人的陰性來對待女人，讓女人自願靠近過來。

從這樣的特別關係投射看去，太宰治寫出了對於嫖妓行為的洞見。嫖妓的行為要成立，必須有欲望的一方，以及沒有欲望的一方。付錢的男人是欲望的一方，但還要有沒有欲望的妓女才能完成買賣。妓女如果有欲望，就不可能接受來買春的男人，她的欲望會使得她揀選對象，那麼就不可能是直接、單純的買賣了。進入買賣關係中的妓女，因而必須去除了自我的性欲，所以在買春嫖妓的互動中，女性相對的是乾淨清純的，因為她身上根本沒有性欲，無從縱欲，讓太宰治（以及大庭葉藏）看到、感知的是強烈的同情，那是和他同樣的一種自覺弱者的身分。

妓女是縱欲的徹底對反。雖然世俗概念中嫖妓行為是縱欲的顯現，但牽涉其中的女性是沒有欲望的。所以才會有黃春明小說〈看海的日子〉裡的那種安排，讓白梅成為大地之母的形象化身。作為妓女，她們身上沒有性欲，就像未婚生子的聖母瑪麗亞，即使她生下了孩子，都和性欲無關。

金錢與生死

大庭葉藏和妓女之間不是一般的關係。他扮演慣了，就連進入妓院的那樣男人外表，都是他演出來的。他應該要看起來像一個有欲望，到妓院去縱欲的男人。但那些沒有性欲、必須無條件接受所有男人欲望的女人卻能夠辨識得出來，認出了他和她們一樣，也是沒有欲望的人。他們都是不以既有那個世界的欲望、征服邏輯在處理自我存在的弱勢者。

所以女人，尤其是這種沒有欲望的女人會被他吸引來到他的身邊。對於和他一起去死的女人，大庭葉藏甚至不太記得她的名字，兩人去死之前吃了壽司，他後來牢牢記得的是壽司師傅的臉，而不是一起去吃壽司的女人長什麼樣子。

那個女人的窮酸，不是單純來自貧窮困乏，而是一種終極的、絕對的弱者模樣，沒有任何一點可以撐得起作為人的成分。兩個人之所以一起去死，不是因為愛得死去活來，而是在這樣的冷酷世界中辨認出了彼此，知道對方和自己都屬於這種終極的弱勢同類，茫茫人海中意外地發現：「啊，竟然你也在，還有你這樣和我同類的人。」他們甚至不是我們一般所說的「底層弱勢者」。太宰治藉由大庭葉藏要寫的是比社會性弱勢者更徹底、更本質性的一種人，他們沒有辦法用平常人存在的方式活著，他們不相信可以那樣活著，也沒有很高的期待要那樣活下去。

我們能夠看到、能夠辨識這種人嗎？他們藏在社會的角落裡。有一些，像和大庭去殉情的女人，身上的本質性寒酸就和社會意義的底層弱勢合而為一，以至於我們很容易誤會他們是因為現實條件活不下去所以選擇自殺。我們認為是社會歧視不給他們活路、將他們逼上絕路。但太宰治和大庭葉藏都不是這樣的人。

如果對照讀《斜陽》會看得更清楚，太宰治是一個沒落的貴族，在社會上並不屬於底層人士，不是走投無路的弱勢者。他活不下去並不是源自社會性的弱勢困境，而是更本質的、更絕對的弱勢。

《人間失格》中，大庭葉藏決定去殉情的一項動機，來自於去付帳時錢包打開來只剩下三個銅板。他感到深深的羞恥，他的羞恥來自於發現自己一直到那時，都還抱持著一種富家子的偏見來衡量人應不應該活下去，能不能活得下去。換句話說，我們要弄清楚，他並不是到了完全沒錢了所以要去死，而是他從過去的執迷中醒悟過來：一直認為只要還有錢就不需要、不應該去死，所以是被關於錢的執念阻擋了要去死的選擇。

也就是原先一直是用社會性的角度來看生命和貧窮間的關係。只有窮得在社會上活不下去的人才可以去死。但哪有這樣的規定牽絆呢？這時他明瞭了，人就算有錢，還是可以去死，何苦為了錢而困著自己，讓自己繼續掙扎著活下去呢？

又在這時候遇到了同類的人，更減少了他活下去的動機。本來以為在這個世界上只有我自己跟別人都不一樣，活得那麼不甘願，別人什麼都願意忍耐只為了要活下去，所以應該是自己錯了吧，只好盡量勉強自己學著和大家一樣活下去。然而發現了有和自己一樣的人，刺激給了他不必繼續活下去，不需要模仿、配合「一般人」的自信心。

第一人稱主觀的矛盾

第三手記中大庭葉藏說到他更怕女人，因為女人比男人複雜。這是用手記體第一人稱寫下來的，帶有告白意味，很容易讓我們相信就是大庭葉藏，甚至是作者太宰治的真心話。

小說中選擇人稱極為重要，即使是同樣的內容，用不同的人稱來敘述，會給讀者很不一樣的感受。第一人稱帶有高度的散文性，去除了讀者對於虛構的防衛心理，將敘述的內容接受為真實的。但第一人稱的限制在於只透過一個人的觀點與感受，不可能將事件交代得清清楚楚，會有很多敘述者「我」不在場、無法經驗、無法得知的環節，無法合理地寫進第一人稱敘述中。如果要將事件的來龍去脈交代解釋得明白透徹，那最好還是使用全知的第三人稱。

第一人稱有兩個內涵的曖昧之處。第一，從個別的「我」的角度看事情，必然摻雜了主觀，因而不能將「我」所說的就當作事實，作為讀者，我們其實永遠無法知道事實，擺脫不了敘述者的主觀介入。第二，敘述者不只有他的盲點，還有他的意志，他不只不可能完全客觀，他甚至無法完全避免自我衝突、矛盾，也無法完全誠實。

有意識要發揮文學作用的第一人稱寫法，像太宰治在《人間失格》中運用的，因而會從敘述中呈現敘述者的複雜性。大庭葉藏在一個地方說：女人比男人更難懂；但沒有多遠處，他又逆轉了自己的說法，指出女人和男人最不同之處，在於女人不懂得節制，遇到他搞笑時，女人要笑就大笑。無法自我節制的女人怎麼可能比會節制、會自覺該笑到什麼程度的男人難懂呢？

我們很容易可以理解矛盾評斷的來歷。前面說女人比較複雜，是依循著一般的刻板印象而來的看法，後面才是來自大庭葉藏的真切體驗，因為他習慣於將自我生命誇張戲劇化，所以他會注意到男人和女人接收誇張表演時的反應差異。要逗女人比較容易，她們沒有那麼多規矩約束，也沒有那麼深的防衛，在反應上比較直接。

而大庭葉藏之所以要將自己活得像幽靈般沒有分量，也正因為他無法像個男人那樣有禮有節地行為、表現。回到村上春樹運用影子所象徵的，那就是除了長在外表的那個具體的人之外，總還有一些隱性的成分被收藏著，藏在暗影中，只有認真面對影子，才能探尋出完整的自己。

美好與怪誕

《人間失格》小說接下來寫到了竹一拿「妖怪畫」給大庭葉藏看。什麼是「妖怪畫」？第一張是梵谷包著耳朵的自畫像，第二張畫面上是個裸女。看「妖怪畫」給了大庭葉藏強烈的衝擊與啟發。

不要隨便將太宰治冠以「無賴派」的頭銜，另一個理由是他也寫過很多怪談小說。而他的怪談背後有著比谷崎潤一郎、芥川龍之介的類似風格作品更突出的現代性。他心中的「妖怪」，不只來自日本傳統故事，也包括了像梵谷這樣的瘋狂現代藝術家。

看了那兩幅「妖怪畫」，刺激大庭葉藏去畫了一幅自畫像。對他來說，「妖怪」就是藏在正身後面，不會輕易被看到的陰暗素質，也就是村上春樹筆下的「影子」。他看待「妖怪畫」的態度，帶著清楚的現代主義美學價值判斷。時至今日，在現代的環境中，我們到底要畫什麼？還要畫漂亮的東西？如果到現在還認為畫畫就是要畫得漂亮，那就停留在傳統階段沒有長進了。

現代主義的關鍵態度在於認定繪畫應該要有更深刻的用意：去畫出現實中用肉眼看不到、看不出來的真實。繪畫和其他藝術一樣，都是一種揭露的過程，要讓藏著的顯像，那就不會都是美美、漂亮的。現代主義觀念中格外重視grotesque，通常翻譯為「怪誕」的表現。

如果大家有興趣，不妨去找安伯托·艾可寫的《美的歷史》和《醜的歷史》兩本書對照讀一下，就會知道人類思考美的時間有多久，同樣對於醜也就有了多久的感受。不過比較遺憾的是艾可的《醜的歷史》沒有特別解釋關於「醜」這件事的特殊現代轉折。

現代美術館裡不會只有美的作品，總是一定要展覽一些恐怕大部分的小學老師無法欣賞卻又必須帶小學生去參觀的作品，為什麼？這些作品背後躍動著一份不斷變化的精神，要去創造出自然間並不存在，只能從人為意識中出現的東西。不是依循正常、自然的美感產生的東西，只能存在於不美的事物內部的東西。不能冠冕堂皇顯示在世人眼前的東西。

梵谷的自畫像和裸女畫，都是這種意義底下的作品，不符合傳統繪畫美的評斷標準，因而被當作是「妖怪畫」。裸女表現了原本應該藏起來不該露出的模樣，那梵谷的自畫像呢？那裡顯示的不是一個人長什麼樣子，而是畫出他作為一個藝術家最特別的風格，捕捉他與藝術之間的內在精神關係。梵谷不只是要畫自己，他要畫出作為藝術家的自我。

人物畫像

Portrait或Portraiture一般翻譯作「畫像」，不過在西方文化史上，這種東西有比平常中文「畫像」兩個字更明確、深刻的意涵。Portrait或Portraiture的精神與價值存在了很久，事實上一直到我們這一代才真正消失。

「畫像」是畫出來的，但即使在照相術發明了之後，人們仍然依循著Portrait或Portraiture的精神來拍攝人像。我們今天的環境中，一個人一個月可能就拍了兩百張照片，裡面都保留了你的人像，但Portrait不是這樣的東西。

那是產生在人要留下影像極度困難的條件下，可能一輩子就只找人來替你畫出這麼一張畫像。所以要有專業的、具備對的技能的畫家，畫出一張足以代表你的畫像。林布朗（Rembrandt）之所以在美術史上那麼重要，一部分的原因在於他打破了原有的畫像慣例，在畫像中如實的表現出人物的社會性、階級性。他建立了Portrait的至高典範，要在畫面上捕捉一個人的本質。

追求如此呈現人的本質的動機與理想，延續到後來的照相行裡。人們選擇特別的時日，鄭重其事地到照相行拍照，攝影師有責任要在相片中捕捉一個人的風格、精神，好照片與普通照片的差別，由是否呈現了人的本性本質來決定。

即使是手提相機發明之後，柯達廣告上都還是強調拍照是在重要、寶貴、難得的場合，及時按下快門留住美好瞬間影響的行為。那張照片代表了那個場合，捉住了那個場合的流動情緒與意義。

但在大家隨時用手機拍照的情況下，一個人一生拍了兩萬張照片，Portrait 就消失了，兩萬張中不會有任何一張是你的 Portrait，沒有一張可以代表你。

西方藝術史中對於 Portrait 極度講究。《蒙娜麗莎的微笑》是一幅 Portrait，在羅浮宮裡，圍繞著《蒙娜麗莎的微笑》有幾百幾千張不同的 Portrait！既然千里迢迢到了巴黎，進入羅浮宮就不要只看《蒙娜麗莎的微笑》，好好地將周圍的其他作品一幅一幅仔細看下去，你就會知道那顯示的不單純是畫作，不是顏色與光影，而是對於人的認識與理解。必須要先找到一種方式認識什麼是人，並且掌握那個時代對於人的種種看法與講究，才有可能畫出那樣的作品，在作品中如此表現人。

繼承這樣的傳統，梵谷在自畫像上顯現的，就是梵谷這個人，畫出除了他以外不會有任何其他人會有顯影。受到那張畫以及其背後的理念刺激，大庭葉藏也試著去畫自畫像，因而留下了一份特殊的紀錄，那是他不敢在任何地方透露出來的真實自我。

他的內在真實只保留在這張「妖怪畫」中，「妖怪」就是他的影子，陰暗、醜陋面，但醜比美更真實，藏在黑暗中的不美更內在。他畫了一幅陰沉的畫像，陰沉到連自己都不太敢看，因為太真實了。

真正的無賴

畫了「妖怪畫」之後，大庭葉藏遇到了堀木正雄。堀木正雄對他說：「幹嘛去美術學校學畫？我們的老師是大自然。」這是強烈的對比，大庭葉藏在意識上已經進入現代，將自己活成一個陰鬱的現代人，而堀木正雄的生命情調卻還停留在抒情的浪漫主義裡。

大庭葉藏在手記中表示，堀木正雄是他認識的第一個都市無賴。太宰治在這裡明確地描述了什麼是「無賴」，而很清楚地對比出大庭葉藏不符合這種「無賴」的條件。他們兩人天差地別。

堀木正雄是一個只要在場就一直說話、一直說話，說到絕無冷場的人。不是因為他有很多話需要不吐不快，毋寧是他不在意別人要不要聽、有沒有在聽他說什麼。堀木正雄這個人從他說的話到他做的事，在在反映出他徹底自我，眼中、心中都沒有別人。他的「無賴」來自於想怎樣就怎樣，不考慮其他人，而以這樣的標準來衡量，大庭葉藏不可能是「無賴」，太宰治又怎麼可能是「無賴」呢？

《人間失格》的第二手記中，太宰治創造出堀木正雄這個角色，為了讓我們進一步看出大庭葉藏如何缺乏自我。他不只不敢表現自我，甚至不願去假定、去面對可能有自我。堀木正雄對他來說是個奇觀，這個人和他完全相反，永遠大剌剌的，永遠不必擔心其他人。沒有自我的大庭葉藏連去買東西都不敢跟人家講價，全身都是自我的堀木正雄則是殺價專家。兩人的對照到達一種荒謬的地步。堀木正雄的自我龐大到讓大庭葉藏都覺得錢應該給堀木花比較有效果、比較有意義。

第二手記中描述大庭葉藏的中學時代，講的是菸、酒、妓女、當鋪與左翼思想，中學生混在這些東西中，是一般讀者認定的「無賴」，但並不是太宰治自己認定的「無賴」。

菸、酒、妓女、當鋪和左翼思想，是奇怪的組合，反映了重要的昭和史動向。這幾樣東西自身並沒有必然的連結，會共同構成中學生的追求，主要來自它們從不同角度都具備有反抗昭和年間快速興起的軍國主義的性質。

軍國主義的一項核心價值，是從武士道而來的修身自律要求，另外要求無條件效忠天皇，並堅決反對共產主義。《人間失格》小說中，堀木正雄帶大庭葉藏去參加馬克思思想團體，告訴他：我們假裝是馬克思主義信徒，不是真的要相信這種東西。不相信為什麼要假裝？為了趕上流行，在人前表現出自己是進步青年。

去假扮，一方面對大庭葉藏來說沒什麼稀奇，他一輩子都在假扮；但另一方面也帶來了一貫假扮的擔憂——如果被看破了會被趕出來。然而這次假扮左派革命青年的經驗很不一樣。堀木正雄很快就沒興趣不再出現了，大庭葉藏卻一直混在裡面。從來沒有人看穿他是假的，以至於他自己愈陷愈深，後來還隨身帶著一把小刀，作為去執行暗殺或自衛防身的武器。

當過左翼青年，搞過革命的人才能深切體會到底發生了什麼事。在那樣的團體中，絕大部分，甚至連當幹部、口號喊得特別大聲的人，都是假的。硬著頭皮當幹部，刻意將口號喊得那麼大聲，其實是為了掩飾自己的心虛，怕被看出是假的。大部分的人都是為了趕流行，表現自己不屬於主流而去參加的。

擺出叛逆軍國主義體制態度，這種團體必須表現得格外激進，每個人都被迫演出比自己真實感受要更慷慨激昂的姿態，其中有些人後來被自己感動、說服了，但還是有很多人只是配合演出。這是革命團體宿命的悲哀現實。

假扮左翼青年

大家可以讀屠格涅夫的小說《羅亭》和《父與子》，領受一下十九世紀俄羅斯青年在團體中爭先表現虛無的情境，或是讀茅盾的《虹》三部曲，看他帶著尖刻諷刺意味描述「五四」時期的中國革命青年。

也可以重讀張愛玲的短篇小說〈色，戒〉，她筆下的王佳芝是「五四」革命青年的後裔，她被自己的愛國情緒感動了，在演戲的過程中太過入戲，就覺得自己應該去抗日，可以去當抗日情報人員。同樣的，在扮演勾引易先生的「美人計」角色中，王佳芝又分不清現實與扮演了，錯覺易先生真的愛她，在和易先生談一場生死愛戀，結果送了自己和同志的命。

李安的電影，和張愛玲小說的敘事腔調完全不一樣。看李安改編的電影版《色，戒》，觀眾會被王佳芝的愛國情懷感動，也會覺得易先生真的愛上了王佳芝。張愛玲冷眼諷刺的革命青年扮演到假戲真做，李安卻都拍成是寫實的了。如果聯繫茅盾和張愛玲的筆法，你就會明瞭張愛玲的小說何等冷冽深刻，李安的電影又如何在精神上遠遠偏離了原著。

還有一部帶著批判眼光寫中國左翼青年的作品，是姜貴的小說《重陽》，他寫出了一個以革命為名而得以擺脫所有道德倫理規範的群魔亂舞情境，和杜斯妥也夫斯基的《附魔者》遙遙呼應。

太宰治在《人間失格》中，將馬克思經濟學和日本的「怪談」對應起來。太宰治當然了解「怪談」的傳統，他寫過不少怪談小說，但馬克思經濟學？

和「怪談」並列，我們明白了馬克思經濟學、馬克思主義、左派理論對這些青年最大的作用，就是顯示了在現實之外，有另外一個世界存在的可能性。這裡的關鍵詞是「合法／非法」，而且是廣義的「合法」，指一般人所遵從的答案和規定，那個有理有節的世界。馬克思經濟學和「怪談」一樣的作用，將人帶離開這個有理有節的世界，去追求無理無節的生活，如同姜貴在《重陽》中鮮活描述的那種集體狂亂生活。

不過太宰治要凸顯的，和姜貴恰好相反，透過大庭葉藏的參與經驗，他要我們理解：「合法」比「非法」更可怕。人會被「非法」吸引，甚至明明不是馬克思信徒也要參加左翼革命團體，一部分是被對於愈來愈嚴酷的「合法」規範刺激的。

從大庭葉藏的眼中看去，人最可怕之處，就在於為了活下去可以忍受「合法」環境的拘束、折磨。而女人沒有像男人那麼可怕，因為女人比較不知節制。接受所有節制，符合所有規範而活著，對大庭葉藏從來都是不可思議的。

但其實還是有很多人不可能完全依循「合法」過日子，「合法」愈嚴密，「非法」的吸引力就愈大。而且「合法」愈嚴密，「非法」就愈簡單，只要是「不合法」的就是「非法」，「非法」不需要定義，也不需要自身的確切內容，不接受、不忍受「合法」的各種拘束就是「非法」。

第二手記的結束

大庭葉藏加入左翼團體的革命行動，要用小刀去挑起暴動。他原先根本不相信這一套，不是真正的信徒，只是混在團體裡。要參加行動當然必須考量風險，行動的後果很可能是被捕入獄。根本不相信這套理念，卻被當作革命分子，為了自己不相信的理念而去坐牢，不是很荒唐、很冤枉嗎？

但他轉念又想：入獄有什麼不好的？「一般人」怕坐牢，我是「一般人」嗎？為什麼我要學「一般人」害怕坐牢呢？坐牢不是讓我得以離開人群、離開「一般人」，不是會有更高的安全感嗎？

他以逃避的態度看待入獄。別人認為可怕的事，反而能夠和「人間」保持距離，躲開讓他害怕的人。沿著這個想法再往前一點，很自然就到了那一點：比入獄更徹底的逃避，不就是不要活了？沒有必然的道理要一直賴活著，一死了之就成了理所當然的選擇。

至此只缺一個觸動的元素了。在人海之中讓他發現還有和他抱持同等害怕、厭惡「人間」態度的人，那麼兩個人甚至連名字都不需要記得，更不需要深刻的男女愛情，以最真摯的同類、同志情感，互相作伴去死。雖然不是一般認為的那種「心中」關係，卻仍然是內在真實的「心中」行動，帶有不容否認的情感。

小說的第二部分結束在共同赴死之後，女人死了，大庭葉藏卻活下來，於是以「協助自殺罪」被警察訊問。他被訊問了兩次，第一次是一個裝模作樣的員警，第二次則是警察局長。這兩次又是對照。

第一次訊問，員警在意的只有得到有關「非法」的資料，可以交差，頂多在過程中多問出一些男女情色細節意淫一番，並沒有真正要追究兩人自殺的原因。這太容易了，大庭葉藏配合東拉西扯講一些員警想聽的。但是如果要尋找真正的答案，那就很困難了，是複雜到接近恐怖的一種經驗探索、回溯。

他因為一直在躲避合法、有答案、具體的生活內容，以至於必然將自己活成了照片中那個沒有分量，如同幽靈、影子的人。

到了第三部，順應第三張照片的特性，內容聚焦在：一個人又如何將自己活得面目模糊，失去了明確的個人樣貌。

「世人」是誰？

原先第二手記中只出現了一下的角色，綽號叫比目魚的人，在第三手記中變重要了。在大庭葉藏嘗試自殺之後，他父親要求比目魚幫忙將他關起來。

他進入了比目魚的家裡，等於是他第一次經驗了正常人家中規律、規則的生活。過去他經歷的，是自己的浪蕩無序，或酒館女侍、詐欺犯所過的生活。具體經驗了正常人家生活，給他留下的印象——原來這是另一種窮酸，不是來自於物質上的貧困，而是因為對於生活缺乏想像力產生的拘執。拘執到連吃蕎麥麵都要偷偷摸摸怕人看到。

比目魚從正常生活的角度反覆質問大庭葉藏：「你將來要做什麼？你有什麼計畫？」為什麼他不直接了當告訴大庭葉藏：「你回學校去，交換你爸爸拿錢贊助你的生活就沒事了」？因為正常生活要有可以將人綁住的依據，逼你拿出未來計畫，你的人生就只能依照這計畫走，回過頭來用這計畫衡量你所做的行為，分出明確對錯來。還有，如此逼問的過程中，比目魚能夠取得更高的地位，作為一個審問者而對被審問的人有更強大的控制。

這是營造出正常生活高度拘執的方式。這也是正常生活中的不平等權力關係。重點變得不在大庭葉藏的父親如何請託比目魚，而在比目魚如何享受並擴大、延長這種日常權力控制。

大庭葉藏受不了，留書出走。但他離開了比目魚家，沒有別的地方去，只能去找堀木正雄，在那裡，看到堀木正雄的生活，對照他所說的話，尤其是對於「世人」的討論，大庭葉藏有了一個重要的領悟。

當我們侃侃而談「世人」，說人家如何如何時，到底說的是誰？這個世界上真的有複數、集體的人嗎？人不都是一個一個過自己的生活的嗎？作為集合名詞的「世人」沒有真實意義，「世人」只能是個人，「世人」就是個人。

這個領悟對他如此重要，因為過去他害怕「世人」，感覺「世人」有那麼大的力量與威脅，就是將「世人」想像成抽象的、巨大的集體，現在知道了那樣的集體其實只是空相，真正的人都是一個一個存在的，如果要一個一個面對，就沒有那麼恐怖了。所以，他對於「世人」的圖像改變了，增添了面對「世人」的勇氣。

他從小一直到此時，持續裝扮出人間模樣活著，最大的動力是對於「世人」的害怕。害怕到他總是不假思索地表現出對「世人」的討好。小說中第三手記出現的重大轉折突破，是他看穿了「世人」的性質，於是對於人間的無名恐懼開始逐漸消退。他不需要再如此本能地討好所有人，連帶地他開始相信自己有其他選擇，結束自己生命不要繼續活下去的動機就愈發強烈了。

遇到了靜子和她的小孩又帶來新的刺激。他理解到自己連要編造一個自己死後會進入天堂的夢幻的力氣都沒有，因而離開靜子家，二十七歲的大庭葉藏就走向了人生的終點。

明明沒有「世人」只有個人，然而活在這個世界上的人，習慣將個人意見放大改寫成「世人」的意見，藉此來控制他人。堀木正雄是這樣，比目魚也是這樣。控制他人最方便的辦法，是將自己隱藏起來，從來不說「我要你這樣做」，卻說「你看大家都這樣做」，把自己放在「世人」裡，以多數來壓倒對方。

將「世人」抬出來，就是為了創造這種不對等。我和你都是個人，你會質疑為什麼要聽我的，所以換成用「世人」來對比你的個人意見、個人態度，我就可以振振有詞叫你聽「世人」的，實際上是聽我的。你是個人，我卻不是，我是好多人，甚至是所有人，以此構成權力的控制。

連憤怒的能力都失去

將自己放置在「世人」中，還有一個更普遍的作用——提供存在的安全感。我們經常去想像、揣測「世人」會怎麼說、怎麼做，乖乖地依照想像調整自己如何說如何做，讓自己失去個人性質，徹底歸屬於「世人」，如此就不必擔心招來「世人」的青白眼。自願放棄作為一個人的個性，以及獨特、真實的面貌。

《人間失格》小說第三部分清楚的主軸，就是呈現人如何失去確切的面貌，如何活得變成面目模糊無法辨識，以至於照片都無法讓觀者留下印象。大庭葉藏看穿了這件事，改變了他對人間、對於人類的理解。他原來以為其他人都有內在巨大的力量，讓他極度害怕，但現在他明白了，這些人並不是出於自我選擇，想清楚後決定為了活下去再大的痛苦都要忍受。那不過就是他們模仿別人，放棄自己、假裝是「世人」，非但並不存在著堅決的意志，而且他們愈是裝愈是沒有了個性、沒有了自我，沒有個性、沒有自我的「個人」，能有什麼力量，有什麼好怕的？

換一個角度他看到了：人們堅忍活著不是出自什麼艱刻的意志力，沒有什麼深厚的蘊藉，純粹只是因為別人都這樣活著，所以自己也就願意、只能這樣活著。變成了「世人」，當然也就沒有自己的面貌了。

大庭葉藏不用再害怕，他學會了讓自己和「世人」同化，讓自己失去了清楚的面貌，如同第三張照片所顯現的。他過去的痛苦來自於一直覺得自己和別人不一樣，他拚命假裝、掩飾，還是不時露出個別的面貌，裝笑的時候手還是忍不住握著拳頭。但到了第三手記中，他找到了這條真正放棄自我，隱入「世人」之中的途徑。

但同時他的生之意志隨而鬆懈散逸了。他娶了妻子，卻親眼目睹了妻子被一個三十多歲的男子侵犯，或自願和人家發生關係。這件事發生前，小說中設了一段伏筆，描述大庭葉藏的一份渴望，希望自己能被激怒，能夠感覺到強烈的憤恨，顯然他清楚意識到自己對於活著愈來愈不覺得必要，反應在他連強烈的憤怒都感覺不到了。

他一生無法信任人，總是害怕人，卻在這個時候遇到了一個徹底相反的女人，よしこ（好子或吉子）極度依賴人，也就徹底信任人，連最不值得信任的像大庭葉藏這種人她也信任、依賴。大庭葉藏無法抗拒這種依賴，才會有這段婚姻。但他無法真正處理兩人的關係。那像是迴光返照的努力，藉由這個女人的出現，大庭葉藏試著再讓自己靠近「世人」的生活，試著讓自己獲得生之意念，渴望自己能夠得到某種刺激而有強烈的憤怒。

但他畢竟通不過這終極的考驗。到最極端之處，他竟然連發生在妻子身上的事，都無法有強烈感受。照理說，那是雙重、甚至三重的刺激，親近的、所愛的人被侵犯，自己的男性權利被侵犯，或者是遭到了自己信任的親人背叛，任何一種原因都應該帶來追求報復、補償的衝動才對。或許是自傷的憤怒，或許是為受害者不平的義憤填膺，這樣的情緒卻都沒有出現在大庭葉藏身上，他無法生氣，更根本的，他無法愛任何人，因為他甚至無法愛他自己。

無法憤怒與缺乏愛人的能力，是直接相關的。在發生這件事之前，大庭葉藏正和堀木正雄進行著一段奇怪的對話，從法語、德語中將名詞嚴格區分為陽性、陰性與中性發想，覺得一般日語名詞中應該可以分出喜劇的和悲劇的。這段情節在小說中最主要的意義，是標示了大庭葉藏與人之間還有的最後一點點聯繫，他還能有關於悲、喜的判斷，還有興趣去分辨悲、喜。

《人間失格》真正探索了的，不是一個人如何失去作人的資格，而是更尖銳地指出我們相信什麼是讓一個人值得作為人活著的條件。我們應該讀到的，不只是這個人的頹廢、墮落，而是從他頹廢、墮落的過程中，辨識我們認定的人間條件真的有道理嗎？或許，這個分三階段失去人間資格的人，他曾經歷的，比我們在正常條件下過的生活，更真實、觸及更廣大的人性空間？

太宰治將《人間失格》寫成了一部廣義的怪談小說，從一開始就將大庭葉藏的人生放置在一個怪談的環境中，他從來不覺得活著是那麼理所當然的事。這最根本的怪談設定提供了看待社會完全不同的角度，在這麼多年後，在不同的國度裡，依然具備刺痛讀者、引發不安思索的力量。

終局的選擇

像太宰治這樣一顆騷動無法被放入框架中的靈魂，卻不幸地活在日本軍國主義上升、籠罩的時代中。在他的時代要選擇拒絕世俗限制而活著，比芥川龍之介在大正時期的處境要困難得多了。一九四五年日本戰敗，軍國主義的強硬宰制終於退場，讓太宰治得以將他過去的痛苦掙扎表現在小說中，然而到這個時候，他已經掙扎得太累了，像小說中的大庭葉藏那樣流失了生之意志。他沒有足夠的力氣再去參與戰後一套新的世俗生活形成，繼續和其他人一樣忍受殘敗的處境勉強自己活下去。

所以弔詭地，戰爭結束後，他匆匆地從人生舞台上退場了，然而那終局的選擇，他仍然是忠於自我獨特生命個性而走下去的。

他堅持作為作家和單純作為一個人很不一樣，作家必須去挖掘出人內在最真實的一面。或許我們會覺得人有光明面也有陰暗面，但請常常記得托爾斯泰小說《安娜・卡列尼娜》開頭的名言：「所有幸福的家庭都是一樣的，而每一個不幸的家庭都有各自的不幸。」托爾斯泰提醒我們：在認識、理解人的時候，光明與黑暗恐怕不是對等的。光明之所以為光明，往往只是所有人認定的共同答案，而黑暗之所以為黑暗，正因為不是所有人都能同意、都能接受的。

文學、小說的功能，太宰治一以貫之的貢獻，是刺穿我們的舒適保護層，挖掘出我們不熟悉的人的經驗與感受，不讓我們假裝看不見，使我們有機會檢討是不是缺乏對於人的多元與複雜的足夠認識，以至於自我中心地將和自己不一樣的人的現象，就當作是壞的、糟的、黑暗的。黑暗不只是黑暗，黑暗可能比光明更有內容、更豐富，願意承認這點，我們才開始真正認識人。

太宰治年表

年份	年齡	事蹟
一九〇九年	出生	出生於青森縣北津輕郡的豪門家族，家中排行第六，本名津島修治。
一九二三年	十四歲	父親去世，進入青森縣立青森中學就讀，並寄宿於遠親豐田家。
一九二五年	十六歲	在中學校友會刊物發表《最後的太閤》，並與友人一同創立同人誌《星座》。
一九二七年	十八歲	進入弘前高等學校就讀文科甲類。仰慕的作家芥川龍之介自殺而大受衝擊。同年，認識藝伎小山初代，後來同居並訂婚。
一九二八年	十九歲	創立同人誌《細胞文藝》，獲得井伏鱒二、船橋聖一等作家的文稿。他也以辻島眾二的筆名發表作品〈無間奈落〉。

一九二九年	二十歲	服安眠藥自殺未遂。
一九三〇年	二十一歲	進入東京帝國大學就讀法文系，深受左翼思想影響。奉井伏鱒二為老師。同年，認識咖啡店女侍田部，相約在鎌倉的小動海岬跳海自殺未遂，但女方死亡，被警方以協助自殺罪起訴，後獲得緩刑處分。
一九三一年	二十二歲	與小山初代同居，並遭到津島家除籍。
一九三二年	二十三歲	參與左翼非法運動，後來向警方自首，脫離左翼運動。
一九三三年	二十四歲	告別左翼運動後，以太宰治筆名開始創作，在《東奥日報》發表短篇小說〈列車〉。
一九三四年	二十五歲	與友人創立同人誌《青花》。
一九三五年	二十六歲	於《文藝》發表〈逆行〉，因報考新聞記者失敗，前往鎌倉山上吊自殺，又被人救起。同年以〈逆行〉入圍芥川賞，被評審之一的川端康成批評而未獲獎，太宰治憤而投稿反駁。

年份	年齡	事蹟
一九三六年	二十七歲	藥物中毒住院治療，出版首部短篇集《晚年》。
一九三七年	二十八歲	與小山初代相約吃安眠藥自殺未遂，事後兩人分手。
一九三八年	二十九歲	陸續發表〈滿願〉、〈姥捨〉，同年在恩師井伏鱒二介紹下，與教師石原美知子認識、訂婚。
一九三九年	三十歲	與石原美知子結婚。陸續發表〈富嶽百景〉、〈女生徒〉、〈葉櫻與魔笛〉、〈皮膚與心〉等短篇作品。
一九四〇年	三十一歲	陸續集結出版《皮膚與心》、《回憶》、《女人的決鬥》等短篇集。
一九四一年	三十二歲	出版短篇集《東京八景》、《千代女》，同年長女誕生。太田靜子初訪太宰治於三鷹居所。
一九四二年	三十三歲	陸續出版《正義與微笑》及短篇集《老海德堡》、《女性》。同年底母親過世。
一九四四年	三十五歲	長子誕生。為創作《津輕》，探訪津輕地區，並於年底完成出版。同年亦出版短篇集《佳日》。

年份	年齡	事蹟
一九四五年	三十六歲	出版《惜別》、《御伽草紙》。
一九四六年	三十七歲	出版《潘多拉的盒子》、《薄明》。
一九四七年	三十八歲	三月，次女誕生，並陸續出版《維榮之妻》、《斜陽》等作。年底與情人太田靜子生下一女太田治子。
一九四八年	三十九歲	身體與精神狀態每況愈下，與情人山崎富榮相約跳玉川上水自殺身亡。同年出版《人間失格》與短篇集《櫻桃》。

GREAT! 7207

走在人生的懸崖邊上：楊照談太宰治

日本文學名家十講5

作　　者　楊 照
封面設計　莊謹銘
協力編輯　陳亭妤
責任編輯　徐 凡

國際版權　吳玲緯
行　　銷　何維民　吳宇軒　陳欣岑　林欣平
業　　務　李再星　陳紫晴　陳美燕　葉晉源
總 編 輯　巫維珍

編輯總監　劉麗真
發 行 人　凃玉雲
出　　版　麥田出版
地址：10483台北市中山區民生東路二段141號5樓
電話：(02)2500-7696
傳真：(02)2500-1967
發　　行　英屬蓋曼群島商家庭傳媒股份有限公司城邦分公司
地址：10483台北市中山區民生東路二段141號11樓
網址：www.cite.com.tw
客服專線：(02)2500-7718｜2500-7719
24小時傳真專線：(02)-2500-1990｜2500-1991
服務時間：週一至週五09:30-12:00｜13:30-17:00
劃撥帳號：19863813 戶名：書虫股份有限公司
讀者服務信箱：service@readingclub.com.tw
香港發行所　城邦（香港）出版集團有限公司
地址：香港灣仔駱克道193號東超商業中心1樓
電話：+852-2508-6231
傳真：+852-2578-9337
馬新發行所　城邦（馬新）出版集團【Cite(M) Sdn. Bhd.】
地址：41-3, Jalan Radin Anum, Bandar Baru Sri Petaling, 57000 Kuala Lumpur, Malaysia.
電話：+603-9056-3833
傳真：+603-9057-6622
讀者服務信箱：services@cite.my
麥田部落格　http://ryefield.pixnet.net
印　　刷　前進彩藝有限公司
初　　版　2022年07月
售　　價　340元
I S B N　978-626-310-228-6
電 子 書　978-626-310-236-1 (epub)
博客來版電子書　978-626-310-255-2 (epub)
KOBO版電子書　978-626-210-257-6 (epub)

國家圖書館出版品預行編目(CIP)資料

走在人生的懸崖邊上：楊照談太宰治（日本文學名家十講5）／楊照著 -- 初版. -- 臺北市：麥田出版：家庭傳媒城邦分公司發行, 2022.07
面；　公分. --（Great!；RC7207）
ISBN 978-626-310-228-6（平裝）
1.CST: 太宰治 2.CST: 傳記 3.CST: 日本文學 4.CST: 文學評論
861.57　111005550

城邦讀書花園
www.cite.com.tw

Printed in Taiwan.